長編小説

誘惑天使

艶めく大草原

〈新装版〉

葉月奏太

竹書房文庫

目次

第一章　人妻チーフのお誘い

1

想像していたよりもはるかに小さかった。

信じられずにあたりを見まわすが、他にそれらしい建物は見当たらない。周囲はがらんとしており、やけに間隔を置いて商店が点在しているだけだった。

「嘘だろ……」

紺色のスーツに身を包んだ内田《うちだ》健太《けんた》は、呆然《ぼうぜん》と立ちつくしていた。

ある程度は予想はしていたが、実際に目の前で見るとがっかりしてしまう。これほど小さい営業所を見るのは初めてだった。

もう一度タクシーに乗りこみ、引き返したい衝動に駆《か》られる。だが、不安になって振り返ったときには、すでにエンジン音が遠ざかっていた。

どこまでもつづく直線道路を前にして、北の大地に降り立ったことをあらためて実感する。思わず天を仰ぐと、東京では決して見ることのできない抜けるような青空がひろがっていた。

（来ちゃったんだ……北海道に）

今さらながら後悔の念が湧きあがってくる。

わずか数時間前は日本の中心地にいたのに、ボストンバッグひとつぶらさげて北の果てに立っていることが信じられなかった。

健太はこの春、東京の大学を卒業して、ヒロセ自動車に採用された。

四月いっぱい都内の本社で新入社員研修が行われ、最終日に伝えられた勤務地が北海道帯広《おびひろ》市《し》河幌町《かわほろちょう》にある河幌営業所だった。五月のゴールデンウィーク明けから勤務ということで、悩む間もなく慌てて引っ越しの準備をした。

荷物は会社が用意したアパートに宅配便で送ってある。健太の正式な出社日は明日だが、挨拶のために空港から直行したのだ。

ヒロセ自動車といえば、輸入自動車販売の最大手だ。どうしても田舎暮らしが嫌なら、そのとき考え直せばいい。そう思っていたが、平屋のちっぽけな営業所を前にすると、いきなりテンションはがた落ちだった。

研修初日に希望勤務地を聞かれて「東京」とはっきり告げた。それなのに、まさかこんなど田舎に飛ばされるとは思いもしなかった。

(実家のほうがまだ都会じゃないか……)

彼方に見える山々は大雪山《だいせつざん》だろうか。ふと故郷の風景が重なり溜め息が漏《も》れた。

健太は長野の田舎で生まれ育った。

東京への憧れが強く、大学への進学を機に両親の反対を押し切って上京した。学費は親に出してもらったが、負担をかけないよう生活費は自分で稼いだ。当然ながらバイトに明け暮れる毎日となり、彼女を作る暇《ひま》もなかった。

そもそも気後《きおく》れして都会生活に馴染《なじ》めずにいた。それでも憧れの東京で暮らせるだけで満足だった。ただ、入学時に掲げた目標〝彼女を作る〟〝童貞を捨てる〟のふたつを果たせなかったのは心残りだ。

二十二歳で童貞は恥ずかしい。そんなとき、新人研修で知り合った同期の女の子といい雰囲気になり、何度か食事するほどの仲になった。だが、配属先を教えると、告白するまでもなく距離を置かれた。まさに踏んだり蹴ったりの状態で、北海道にやってきたのだ。

「寒っ……」

冷たい風が吹き抜けて思わず身震いした。

五月だというのに、コートが必要なほど寒いのだ。早くも嫌気が差してきたが、とにかく挨拶を済ませることにする。

ガラス張りのショールームに、比較的安価なドイツ製のファミリーカーが一台だけ飾ってあった。ど田舎でも職場だと思うと、さすがに緊張感がこみあげてくる。健太は若干頬をこわばらせながら、自動ドアの前に立った。

奥に見えるカウンターのなかで、二人の女性がパソコンに向かっている。彼女たちはドアが開くと同時に立ちあがった。

二人とも黒っぽいタイトなスカートスーツに身を包んでおり、驚くほどスタイルがいい。だが、今は見惚《みと》れている場合ではなかった。

「明日からお世話になります、新入社員の内田健太ですっ」

客と間違われる前に、急いで頭をさげた。

研修で挨拶の仕方を叩きこまれたばかりだ。両手を身体の脇につけて、腰を深く折り曲げる。コンビニのバイトでは一度もしたことのない丁寧なお辞儀だった。

「キミが内田くんね。話は聞いてるわ」

ひとりがカウンターから出て、ヒールを鳴らしながら足早に歩み寄ってきた。

タイトスカートから伸びた美脚はすらりとしている。ストッキングを纏《まと》ったふくらはぎは柔らかそうなラインを描き、足首は官能的に締まっていた。

（バ、バカ、どこを見てるんだ！）

健太は気持ちを引き締めると、慌てて体を起こしていく。しかし、近くで彼女の顔を見た途端、またしても胸が早鐘《はやがね》を打ちはじめた。

「わたしはチーフの三津谷貴子《みつやたかこ》よ。よろしく」

チーフということは、彼女が営業所の責任者だ。

透《す》きとおるような色白の肌と、毛先に軽くウェーブのかかった漆黒の髪のコントラストが目に映える。厳しそうな切れ長の瞳が特徴的で、クールビューティという言葉がぴったりの美貌だった。

プロポーションも抜群で、スーツの胸もとが大きく盛りあがっている。腰は折れそうなほど細く、タイトスカートのヒップはむっちりと張りつめていた。

ふと目に入ったが、左手の薬指にリングが光っているので人妻なのだろう。そういえば本社で渡された資料にチーフの年齢は三十二歳とあった。しかし、片田舎でこれほど洗練された雰囲気を漂わせていることに驚かされる。

「こ、こちらこそ、よろしくお願いいたします」

健太は緩《ゆる》みそうになる頬を引き締めながら、もう一度深々と頭をさげて言った。

「今日、東京から来たのよね。田舎でびっくりしたでしょう？」

「はい……い、いえ……決してそんなことは……」

いきなり図星を指されてどきりとする。しかし、肯定するのも失礼と思い、取り乱した受け答えになってしまう。

「正直ね。でも、営業の仕事をするなら、感情を抑えることを覚えなさい」

貴子は見透かしたような瞳を向けてくる。下手な嘘は通用しないと思い、健太は素直に「はいっ」と返事をした。

「営業担当はわたしと内田くんの二人よ。隣に整備工場があって、腕のいいベテラン整備士が二人いるわ」

貴子が河幌営業所のことを簡単に説明してくれる。全国に数あるヒロセ自動車の営業所のなかでも、最小規模なのは間違いなかった。

もうひとりいた女性は、いつの間にかパソコンに向かっている。健太が客ではないとわかり、自分の仕事に戻ったらしい。

「彼女は内勤の矢沢亜希《やざわあき》ちゃん。ショールームは彼女の担当よ。わからないことがあったら、わたしか彼女に聞くといいわ」

紹介された亜希が顔をあげてこちらを見やる。視線が重なった瞬間、健太は胸の奥が熱くなるのを感じた。

（あ……結構いいかも……）

思わず心のなかでつぶやいて赤面する。

少し茶色に染めたポニーテイルに、きつめのアイシャドウを引いており、気が強そうな印象だが可愛い。化粧で大人っぽく見えるが、実際の年齢は健太とそう変わらないかもしれない。チーフと同様に色が白いのは北国育ちの特徴だろうか。

「あら、顔が赤いわね」

いきなり貴子が顔を覗きこんでくる。近距離でまじまじと見つめられて、さらに血圧があがったような気がした。

(チーフも美人だよなぁ……なんか楽しそうだぞ)

ど田舎に飛ばされて不満だったが、少し救われた気分だった。

余計なことを考えていたせいか、ボーッとして見えたのかもしれない。貴子が訝《いぶか》しげに眉根を寄せるのがわかった。

「内田くん、熱でもあるんじゃない？」

「あっ……い、いえ、大丈夫です」

慌てて背筋を伸ばして取り繕《つくろ》う。チーフは面倒見がいい感じだが、怒ると厳しそうだ。小さい営業所とはいえ、トップの貫禄を漂わせていた。

「勤務は明日からだから、今日はアパートでゆっくり休みなさい」

貴子は上司らしい口調で言うと、黒髪を掻《か》きあげてカウンターに向き直った。

「亜希ちゃん、内田くんをアパートに案内してあげて」

「はい、わかりました」

亜希は即答すると、すぐに立ちあがってつかつかと歩み寄ってくる。声は意外と可愛らしいが、目つきは妙に鋭かった。

「よ……よろしくお願いします。内田健太です」

健太は気後れしながら挨拶する。だが、彼女は一瞥《いちべつ》するだけで自己紹介をする気はないようだ。それどころか、品定めするようにじろじろと眺めまわしてきた。

「……ついて来て」

ぶっきらぼうに言うと、亜希はいきなり営業所から出ていってしまう。健太は慌ててボストンバッグを摑んで表に飛びだした。

亜希はすでに十メートルほど先を、ヒールをカツカツ鳴らして歩いている。左右に揺れるポニーテイルが、日射しを受けて明るい茶色に光っていた。チーフが叱らないのが不思議なほど赤みがかった茶色だった。

(しかし、綺麗《きれい》な脚してるなぁ)

健太は小走りに追いかけながら、彼女の脚を見つめていた。

タイトスカートの丈《たけ》が短く、ストッキングに覆われた健康的な太腿《ふともも》が半分ほど覗いている。ふくらはぎはほっそりして、足首はきゅっと締まっていた。

(なにを考えてるんだ。仮にも先輩だぞ)

心のなかで自分を戒《いまし》める。これからいっしょに働くのだから、余計なことは考えないほうがいい。隣に並ぶと今度はスーツの胸の膨《ふく》らみが視界の隅にちらりと映り、思わず生唾《なまつば》を呑《の》みこんだ。

そのとき亜希が腰に手を当てて立ちどまり、鋭い視線を向けてきた。

「ちょっと、どこ見てるのよ」

いきなり喧嘩腰に問い詰められて、思わずのけ反《ぞ》るように後ずさりする。

「あんた、さっきはチーフのこともじっと見てたでしょう」

「え？　それは……は、話をしてたから……」

「新人のクセに口答えするな。貴子さんをヘンな目で見たら承知しないよ」

まるで不良少女のような口ぶりだった。

健太の脈拍は異常なほど速くなっている。もちろん恋の予感ではなく、街で絡まれているような心境だ。喧嘩の経験は皆無で、完全に気圧《けお》されていた。

「す……すみません……」

思わず掠《かす》れた声で謝罪する。我ながら情けないと思うが、この窮地を脱するには謝るしかなかった。亜希の胸もとをチラ見したのは事実なのだから。

「つたく、ダサいスーツ着てるんじゃないわよ。いかにも新人って感じ」

とりあえずは怒りを鎮《しず》めることができたらしい。亜希は脈絡のないことをつぶやき、ぷいっと前を向いて再び歩きはじめた。

（まずいぞ……この人、どうなってるんだ？）

　このままでは明日からの仕事がやりづらくなる。なんとか機嫌を取っておかなくては、という強迫観念にも似た自己防衛本能が湧きあがった。

「あの……矢沢さん……」

　勇気を振り絞って語りかけると、亜希は歩きながら再びキッとにらみつけてきた。

「その呼び方、好きくない」

　おかしな言葉遣《づか》いだと思ったが、もちろん突っこめるはずもない。

「名字で呼ばれるの嫌いなの」

　亜希は抑揚のない声でつぶやいた。

　どこか思いつめたような雰囲気がある。健太が恐縮して肩を竦《すく》めると、彼女は気を取り直すようにフンッと鼻を鳴らした。

「あんたはウチケンね」

「はい？」

　なにを言われたのかわからず、反射的に聞き返してしまう。すると亜希はどこか楽しそうに言葉をつづけた。

「内田健太だから略してウチケン」

　口もとに笑みを浮かべた横顔は、気の強さとは裏腹で少女のように愛らしい。彼女の隠された魅力を発見した気分だった。

「なんか文句ある？」

たとえあったとしても、職場環境を壊すようなことを言うつもりはない。

「先輩の好きなように呼んでください」

「へえ、なかなか素直じゃん。あたしのことは〝亜希さん〟でいいよ」

「はいっ、亜希さん。よろしくお願いします」

「悪くないね。舎弟《しゃてい》ができたみたい」

意外と単純な性格なのかもしれない。機嫌が直ってほっとするが、「舎弟」という言葉に驚かされる。もしかしたら、本当に不良だったのだろうか。

「ここがウチケンのアパート。あんたが宅配便で送ってきた荷物は、大家さんが受け取って部屋に入れてくれたから」

亜希が小さな建物の前で立ちどまった。総戸数八戸の小綺麗そうなアパートだ。

「ところでさ、ウチケンって何歳？」

「二十二歳です。新卒です」

健太は背筋をびしっと伸ばして答えた。亜希は上下関係に人一倍厳しそうだ。あらためて注意を受けるのかもしれないと緊張が走った。

「ふうん、二十二ね。ちなみに、あたしは二十歳《はたち》だからよろしく」

さらりと言われたので聞き流しそうになる。しかし、耳の奥には「ハタチ」という響きが確かに残っていた。

「あの、亜希さん。二十歳……なんですか?」

恐るおそる問いかける。すると亜希は途端に眉根を寄せて、苛《いら》つきを隠すことなくにらみつけてきた。

「何度も言わせないでくれる。それとも、なんか文句あるわけ?」

「文句はないですけど……」

どうやら亜希は高卒で就職したらしい。もちろん先輩であることに変わりはないが、年上だと思いこんでいたのでなにか釈然としなかった。

(なにが舎弟だよ。ふたつも年下じゃないか)

必死に機嫌を取ろうとしていた自分が滑稽《こっけい》に思えてくる。先ほどまでの自分の姿を思いだすと、恥ずかしくてならなかった。無意識のうちに、不満げな眼差しを亜希に向けてしまう。

「あのね、あたしは二年も先輩なの。わかる? あんたが大学で遊んでる間、あたしはもう働いてたのよ」

亜希は自信満々に顎をツンとあげて、ポニーテイルを大きく揺らした。

彼女の意見はもっともだ。社会に出たら年齢よりも実務経験のほうが重要なのだろう。しかし、健太も大学で遊び呆《ほう》けていたわけではない。勉強はしなかったが、生活費を稼ぐためバイトに明け暮れていたのだ。

「なによ。年下だとわかった途端、態度を変えるつもり？」

「そういうわけじゃ……」

内心反発を覚えるが、それを言葉にすることはできなかった。

(やっぱり先輩だし、ここは立てておかないとまずいぞ)

豊富なバイト経験から、初《しょ》っ端《ぱな》で揉《も》めると居づらくなるのがわかっていた。そうなると早々に辞める確率が高くなるのだ。

「じゃあ、なに見てるのよ」

せっかく直った亜希の機嫌が、再び悪化しようとしていた。

「その……なんて言うか……」

瞬時に言葉が思いつかない。なにか言わなければと焦るほど、頭のなかが真っ白になっていく。

「もう、焦《じ》れったいな。早く言いなさいよ！」

このままでは亜希が爆発してしまう。まだ一日も勤務していないのに、悪い流れを作りたくない。なにか機嫌を直すことを言わなければ……。

「可愛いなと思って、亜希さん」

追い詰められた状況で、咄嗟《とっさ》に浮かんだ言葉がそれだった。

「なっ……か、かわ……って……な、な、なに言ってるの？」

亜希の顔が見るみる紅潮していく。まるで噴火直前の火山のようだ。

（や、やば……僕はなにを言ってるんだ）

我に返って青ざめる。おそらく頭の片隅にあった思いが言葉になったのだろう。

だが、亜希はからかわれたと思ったに違いない。怒りが噴きだすのを覚悟して肩を竦めるが、意外なことに彼女はすっと背中を向けた。

「今度そんなこと言ったら許さないから」

静かな口調でつぶやくと、もう話したくないといった感じで足早に立ち去った。

（助かった……のか？）

とりあえずは雷《かみなり》を落とされずにすみ、健太はほっと胸を撫でおろした。

その後、大家さんに挨拶すると、すぐ部屋に案内された。

築十五年の物件で、六畳の洋室と四畳半のキッチン、エアコンはないが石油ヒーターは完備している。しかもバスとトイレは別で、家賃はわずか二万八千円。東京では考えられない値段だが、このあたりでは珍しくないらしい。

東京から引っ越してきたということで、大家さんが〝水抜き〟のやり方を教えてくれた。冬場のとくに寒い日は、水道凍結を防ぐために元栓を閉めて、水道管のなかに残っている水を抜かなければならないという。

（水道管が凍結って、どんだけ寒いんだよ……）

もう五月なので大丈夫だと言うが、それなら水抜きの方法など教わる必要はなかったかもしれない。冬までいるとは限らないのだから。

なにもない部屋でひとりになると、北海道に来たことが実感として湧きあがってくる。帯広に知り合いなどいるはずもなく、胸の奥に心細さがひろがった。

（どうしてこんな田舎に来ちゃったのかな……）

健太は積みあげられた十数個の段ボール箱と布団袋を見つめて、思わず深い溜め息をついていた。

2

翌日から河幌営業所での勤務がはじまった。

ようやく社会人への第一歩を踏みだしたのだ。まずは営業の仕事を覚えるということで、チーフの貴子といっしょに得意先をまわることになった。

美貌の上司に教えてもらえると浮かれていたのは最初だけだった。貴子は営業所の責任者だけあって、仕事にはいっさい妥協しなかった。

当然ながら新人教育にも手抜きはなく、朝から晩まで徹底的に営業の基本を叩きこまれた。挨拶ひとつを取ってもダメ出しの嵐だ。とにかく、貴子といる限り一瞬たりとも気を抜くことは許されなかった。

新人である健太は、営業だけしていればいいというわけではない。これまで亜希がやっていた雑用が、当然のようにすべてまわってきた。

健太の一日は、ショールームの掃除からはじまる。朝は誰よりも早く出勤して、いつでも開店できるよう準備をしなければならなかった。

掃除が終わる頃に、亜希が派手なピンク色のスクーターでやってくる。サラダボールを伏せたような半球形のヘルメット、いわゆる半キャップを茶髪に乗せた姿は、田舎のヤンキーそのものだった。

そして貴子と整備士たちが出勤してくると朝のミーティングだ。営業所のショールームは十時に開店して、貴子と健太は営業に出かける。ショールームを訪れる客は、亜希が担当することになっていた。

あの不良娘に接客ができるのか疑わしい。だが、チーフが店をまかせているのだから、それなりに信頼されているのだろう。彼女の仕事ぶりにも興味があるが、それより健太自身が仕事を覚えるのに必死だった。

毎日が慌ただしく過ぎていく。忙しすぎて疲れを感じる暇もなかった。

アパートに帰ると泥のように眠り、あっという間に朝になって出勤する。その繰り返しだった。

貴子に一週間みっちり教えを受けて、いよいよ二週目から独り立ちした。社用車を使っての外回り、いわゆる飛びこみの営業だ。

パンフレットを持って、ひたすら各家庭をまわっていく。ほとんどはインターフォン越しに会社名を告げた段階で断られる。玄関ドアを開けてもらえて、名刺とパンフレットを渡すことができれば、とりあえず成功と考えていいだろう。

（今日もダメだったか……）

健太はこの日もくたくたになって営業所に戻った。

ひとりで外回りをするようになり三週間が過ぎていた。そろそろチーフに叱られるのではと内心怯《おび》えている。なにしろ、入社以来まだ一台も売っていないのだ。自動車のセールスがこれほど難しいとは思っていなかった。

閉店時間の十九時をまわり、すでにショールームの照明は落としてある。奥のカウンター内だけが明るく、貴子と亜希がパソコンに向かっていた。

「戻りました……」

声が掠れていた。喉が渇いていることさえも、今の今まで気づかなかった。

営業の基本は挨拶からと耳にタコができるほど言われている。だが、空元気も出せないほど疲労困憊《こんぱい》していた。

「お疲れさま。日報を書いてしまいなさい」

貴子が声をかけてくる。いつも「声が小さい」と叱られるのだが、今日に限ってなにも言われなかった。

もしかしたら、怒っても無駄だと見放されたのかもしれない。

健太はがっくりと肩を落とし、自分のデスクに向かった。パソコンのモニターに営業日報を表示させる。しかし、文字を打ちこむ気にはならなかった。

そのとき、キーボードの横にマグカップが乱暴にドンッと置かれた。

「おっ……」

暖かそうな湯気が立ちのぼり、コーヒーのいい匂いが漂ってくる。思わず目を瞑《つむ》って息を吸いこむと、疲れた頭に芳醇《ほうじゅん》な香りが染み渡った。

「おっ、じゃないわよ。なんか他に言うことないの？」

苛ついたような声が聞こえてビクリとする。すぐ隣に立っている人物を恐るおそる見あげると、亜希が不機嫌そうな顔で腕組みをしていた。

「あ……亜希さん」

健太は椅子に座っているので、ちょうど顔の高さに亜希の胸があった。

（うっ……こ、これは……）

一瞬にして意識が覚醒する。亜希の白いシャツの胸もとは大きく盛りあがり、うっすらとブラジャーのレースが透けていたのだ。その魅惑的な光景を目にして、思わず柔らかそうな乳房を連想してしまう。

健太は目を大きく見開きながら、ぎくしゃくした仕草でパソコンのモニターに視線を戻した。もし胸を見ていたことがバレたら、なにを言われるかわからない。下半身に血液が流れこむのを感じつつ、懸命に平静を装った。

「仕事中にぼんやりしないでよね。ミスされたらこっちが迷惑なんだから」

亜希が溜め息混じりにつぶやいた。

相変わらずぶっきらぼうな物言いだが、わざわざ健太のためにコーヒーを淹《い》れてくれたらしい。よほど疲れているように見えたのだろうか。雑用を命じられることはあっても、気を遣われるのは初めてだった。

「あ、ありがとうございます」

戸惑いながらも丁寧に礼を言う。年下の亜希に敬語を使うのも、今ではさほど抵抗がなくなっている。すると亜希は困惑したように視線をそらし、そっぽを向いたまま捲《まく》したててきた。

「勘違いしないでよ。ついでに淹れただけなんだから。マグカップはちゃんと洗っておきなさいよ。あたしは帰るから戸締まりちゃんとしてよね。じゃあね」

なにを興奮しているのか、顔を赤くしながら自分のデスクに戻っていく。そしてバタバタと後片づけすると、チーフに挨拶をして本当に帰ってしまった。

(なんだったんだ……?)

健太は首をかしげながらマグカップに手を伸ばす。やけに香りが強いな、などと思いながらひとくち飲んだ途端、あやうく噴きだしそうになった。

「苦っ……」

どうやったらこんなに濃いコーヒーになるのだろう。だが、悪戯《いたずら》なら飲んだときの反応を見てから帰るに違いない。ここは厚意を素直に受けとめることにする。今の健太にとっては、このコーヒー一杯が身に染みるほど嬉しかった。

仕事は大変だが、徐々に生活のリズムは整いつつある。しかし、淋しさは募《つの》るばかりだ。知り合いがひとりもいない田舎暮らしはつらかった。

(みんな、元気にしてるのかな……)

健太はいまだに東京生活への未練を断ち切ることができずにいた。

大学時代の友人たちは、ほとんどが東京で働いている。休暇の前日にはみんなで集まって、酒でも飲んでいるに違いない。仲間内で社会人一年目の苦労を愚痴《ぐち》ることができれば、それだけで鬱憤《うっぷん》を発散できるだろう。

ぼちぼちとキーボードを叩いて営業日報を書き進める。途中、無意識のうちに何度も溜め息をついてしまい、そのたびに叱られるのではと肩を竦めた。

しかし、チーフはパソコンのモニターを見つめたまま、ひと言も発することはなかった。まるで無視されているようで、ますます健太を落ちこませた。車は売れないし、雰囲気も暗い健太をチーフは見放しているのかもしれない。

「たまには飲みに行きましょうか」

ふいに貴子が声をかけてきたのは、ようやく完成した営業日報を渡して帰り支度をしているときだった。

「内田くんも気晴らしが必要なんじゃないかしら」

「え……？」

思わず間抜けな声で聞き返してしまう。それほど意外な言葉だった。てっきりチーフに呆《あき》れられていると思っていたのだ。

「いっしょに飲みに行く知り合いもいないんでしょう。それとも、わたしとじゃご不満かしら？」

貴子は珍しくおどけた様子で微笑《ほほえ》みかけてくる。

健太があまりにもしょぼくれているように見えたのかもしれない。見放されたわけではないとわかり、思わず胸が熱くなるのを感じた。

「ご、ごいっしょさせてください！」

健太は今日一番の元気な声で返事をする。すると貴子は、さあ行くわよとばかりに立ちあがった。

チーフの自家用車で向かったのは近所の大衆居酒屋だ。近所とはいっても田舎の感覚なので、距離にすると十キロ以上は離れていた。

車は駐車場に停めて、明日の朝になったら取りに来るつもりだという。

貴子も飲むのは嫌いではないらしい。二人でテーブル席につくと、勝手にどんどん注文してくれた。

「暗い顔しないの。好きなだけ飲んで食べなさい」

「はい。ありがとうございます」

まずはビールで喉を潤し、枝豆を摘《つま》んでいるうちにホッケが焼きあがった。東京でも食べていたが、見た目からしてまるで違う。その巨大さにのけ反り、ぶ厚さに目を見開いた。そしてひとくち食べて濃厚な味に感動した。

じゃがバターも美味《うま》かった。北海道で採《と》れたじゃがいもに、道内産のバターを乗せる。簡単な料理だが、素材の味が生かされていた。

ウニやイクラ、サーモンなど、新鮮な刺身は舌が蕩《とろ》けそうだった。庶民的な値段でこれだけの物が食べられるのはさすが北海道だ。

貴子が勧めてくれる地元の料理はどれも絶品だった。疲労が蓄積して食欲がなかったのだが、いつの間にか夢中になって頬張っていた。自然とビールも進み、二杯三杯とジョッキを空けていった。

「どう？　美味《おい》しいでしょう」

貴子がにっこり微笑みかけてくる。仕事から離れているせいか、クールさよりも面倒見のよさそうな部分が強調されていた。

「美味いです。こんな居酒屋だったら毎日来たいくらいです」

食べることで元気が出てきたような気がする。散々飲み食いして雑談を交わし、あっという間に時間が過ぎていった。

「まだ東京に帰りたい？」

ふいに貴子が尋ねてくる。軽い調子だが本音を聞きたいのかもしれない。

「え……っと、それは……」

思わず箸《はし》をとめて口籠《くちご》もる。いくら美味い物を食べても、そう簡単に気持ちが変わるはずもない。チーフが気を悪くすると思って答えるのを躊躇《ちゅうちょ》した。

「フフッ。相変わらず正直ね。わたしは帯広生まれだけれど、若い頃は全国の営業所をまわっていたの。だから内田くんが落ちこむ気持ちもわからなくはないわ」

貴子は怒ることなく、静かに語りはじめた。昔を思いだすように、少し遠い目をしているのが印象的だった。

「やっぱり東京はパワフルな街だったわ。きらびやかで毎日が楽しかった。帯広に帰ってきたときは、生まれ故郷だけれど正直がっかりしたわ」

その話を聞いてますます不安になる。住めば都と言うが、そのうちこの土地を愛せるようになるのだろうか。今はとてもではないが想像できなかった。

「こっちで恋人でもできれば……あ、もしかして東京に？」

貴子がピンときた様子で尋ねてくる。東京に彼女が居て、遠距離恋愛をしているとでも思ったのだろうか。

「ち、違います。僕は彼女なんてずっといないんですから」

むきになって否定する必要もないが、なぜか健太は飲みかけのジョッキをテーブルに置いて力説していた。

「ずっといないの？」

「そうです。生まれて二十二年間ずっとです」

疲れているせいか、酔いのまわりが早いような気がする。視界が歪《ゆが》んで、貴子の美貌まで霞《かす》みはじめていた。

「せっかく大学に入ったのに、彼女を作ることもできず、童貞を捨てることもできなかったんです。僕、ダメなやつなんです。だから、就職したらって思ってたのに……」

そこまで言ってはっとする。余計なことを口走ってしまった。ビールの酔いが醒《さ》めていき、恥ずかしさがこみあげて耳までカーッと熱くなった。

「そうなの……ふうん……」

予期せぬカミングアウトに貴子も戸惑っているらしい。なにやら考えこむような顔つきで黙りこんでしまう。場の空気が急激に冷めていくような気がした。

（せっかくチーフが誘ってくれたのに……）

後悔の念が湧きあがるがどうにもならない。自分の後ろ向きの発言で雰囲気が暗くなってしまった。なにも言うことができずに健太はがっくりとうつむいた。

「場所を変えて飲み直しましょうか」

どれくらい沈黙がつづいたのだろう。先に口を開いたのは貴子だった。

気を取り直したように微笑みかけてくるが、どこかぎこちなさも感じる。それでも気を遣ってくれるのがわかるので、無下《むげ》に断ることはできなかった。

3

「内田くん、ビールでいいわね？」

貴子は返事を待つことなく、キッチンの方に歩いていった。

ジャケットを脱いで、白い長袖《ながそで》シャツに黒のタイトスカート姿になっている。背中にブラジャーのラインが透けており、必要以上にどぎまぎしてしまう。

(困ったな……)

リビングのソファに腰掛けている健太は、心のなかでつぶやいた。

スーツの上着を脱ぐことなく、不自然に背筋を伸ばしている。女上司の自宅で二人きりというシチュエーションに困惑しているのだ。

貴子の提案で場所を変えることになり、大衆居酒屋を後にした。てっきり別の店に行くのだとばかり思っていたら、徒歩十分ほどの場所にある貴子の自宅マンションに案内された。

ここまで来て遠慮するのも不自然と思い、こうしてお邪魔している。

小綺麗な十階建てマンションの最上階。夫婦で二人暮らしということで、リビングには落ち着いた大人の雰囲気が漂っていた。

貴子は軽い調子で「どうぞあがって」「そこに座ってて」「楽にしてね」などと言うが、健太がリラックスできるはずもない。夫婦のプライベート空間に足を踏み入れるという予想外の展開に、戸惑いを隠すことはできなかった。

「あのチーフ、旦那さんは……」

健太は緊張を誤魔化そうと、ビールを取りに行った貴子の背中に声をかけた。そのとき、とんでもない光景を目にして絶句してしまう。

前屈みになって冷蔵庫を覗きこんでいるため、スカートのヒップがパンパンに張りつめていた。しかも裾《すそ》がきわどくずりあがっているのだ。

（わっ、チーフのパンティが……）

ソファに座った健太と、目の高さがちょうど一致する。ベージュのストッキング越しに、ヒップを包む白いパンティが見えていた。

「夫は出張中よ。今夜は帰ってこないからくつろいでね」

貴子が冷蔵庫を向いたまま答えるのを聞いて、いよいよ健太の頭のなかはパニック状態に突入した。

（旦那さんが帰ってこないって、どういうことだよ！）

もしかして誘われているのだろうか。いや、チーフに限ってそんなことをするはずがない。ダメな部下を元気づけようとしているだけだ。わかりきっているが、ついつい余計なことを考えてしまう。

それより、スカートがずりあがっていることを教えるべきだろうか。しかし、健太は生唾を呑みこむばかりで言葉を発することができなかった。

普段はあえて考えないようにしてきた。しかし、この状況では自制心が利かず、チーフのことを女として見てしまう。

なにしろ美貌の女上司と彼女の自宅で二人きりなのだ。貴子は三十二歳の女盛り。しかも、夫は出張中だという。健太は股間がムズムズするのを感じながら、チーフのパンティを凝視していた。

貴子が二本の缶ビールを手にして振り返る。健太は慌てて視線をそらすが、スラックスの股間はもっこりと膨らんでいた。

（まずいぞ、もしこれを見つかったりしたら……これはまずい）

経験したことのない緊迫した状況に焦りまくる。しかし、貴子はまったく気にする素振りもなく隣に腰掛けてきた。

「どうぞ。これ、北海道限定のビールなのよ」

「そ、そうなんですか。いただきます」

缶ビールを受け取りながら、健太は心拍数が速くなるのを自覚する。

三人掛けのソファなのに距離がやけに近い。だからといって、離れるのも失礼な気がする。しかし、股間は大きくテントを張っているのだ。

（エッチなことを考えていると誤解されたら……）

いや、実際には考えているのだが、これにはやむにやまれぬ事情がある。童貞の健太が、女上司の生下着を目にして興奮しないはずがなかった。とはいえ、そんな言い訳が通用するはずもない。

若干前屈みになって股間を隠しながら、缶ビールのプルトップを引いた。そのとき、またしても危険な物が目に入った。

なんと隣に腰掛けている貴子のタイトスカートがずりあがり、むっちりした太腿が大胆に覗いていたのだ。艶《なま》めかしい光沢のストッキングが脚の付け根あたりまで露出して、ともするとパンティが見えそうになっている。

健太は理性の力を総動員して視線をそらすことに成功した。喉がやけに渇いて、グラスを使わず缶ビールを直接喉に流しこんでいった。

「お酒、強いのね」

貴子は囁《ささや》くように言うと、グラスに注いだビールをひとくち飲んだ。そして目もとをほんのり染めあげて、小首をかしげるようにしながらじっと見つめてくる。

「少し酔っちゃったかな……」

グラスをそっとテーブルに戻す。そのほっそりとした指先を見ているだけで、健太の心臓はドクンッと高鳴った。

「内田くん。キミは自分に自信がなさすぎるのよ」

貴子がやさしく語りかけてくる。囁くような声だった。黒髪を掻きあげると、さりげなく健太の太腿にそっと手を置いてきた。

「あ……」

触れられた箇所から快感がひろがり、小さな声を漏らしてしまう。

大人の貴子にとっては、さほど意味のないボディタッチなのかもしれない。しかし、女性と手も握ったことのない健太にとっては強烈な刺激になる。貴子の体温が手のひらを通して伝わり、股間の膨らみがビクンと蠢《うごめ》いてしまう。

（ううっ、どうしたらいいんだ……）

健太は額に冷や汗を浮かべて全身を硬直させた。ボクサーブリーフのなかで、さらに男根が膨張していく。このままだとバレるのは時間の問題だった。

そのとき、決定的なシーンが視界に飛びこんできた。タイトスカートがさらにずりあがり、ストッキング越しに白いパンティが見えたのだ。

先ほどはヒップ側だったが今度は真正面だ。ちらりとしか見えないが、それだけに生々しさは強烈になる。しかも、手を伸ばせば届く距離なので、嫌でも妄想はひろがった。

「弟がいるの。年が離れていて、今は東京の大学に行ってるわ」

貴子がぽつりとつぶやく。健太の邪《よこしま》な視線には気づいていないようだ。

「四年生だから内田くんのひとつ年下ね。少し気弱で頼りない感じで……」

その口調はあくまでも穏やかだった。

もしかしたら、健太に弟の姿を重ねているのかもしれない。だからダメな部下でも、なんとかしてあげたいと思ってくれるのだろう。

「あ、あの……チーフ？」

健太はようやく掠れた声を絞りだした。

太腿に置かれている貴子の手が、少しずつ股間に向かって滑りはじめたのだ。さすがに黙りこんでいるわけにはいかなかった。

しかし、貴子は構うことなく寄り添ってくる。二の腕と膝が触れ合い、瞬《また》く間に熱を持つのがわかった。

「自信がつけば変われるはずよ。それには経験を積むしかないの」

「け……経験って……」

全身に緊張が漲《みなぎ》る。手足が突っ張ったようになり、身じろぎひとつできない。女性とこれほど接近するのは初めてで、脳細胞がショートしそうだった。

「人に話を聞くのと自分で実際にするのとでは全然違うの。わかるわよね？」

まさに今の状況がそれに当てはまる。貴子は身をもって経験の大切さを教えようとしているのだろうか。

「そんなに緊張しなくていいのよ。誰にでも初めてはあるのだから」

貴子は耳に息を吹きかけるようにしながら囁いてくる。すでに女上司の手のひらは、太腿の付け根のきわどい部分に達していた。しかも指先が微妙に蠢き、妖《あや》しい快感を送りこんでくるのだ。

（うっ……チ、チーフ、手が……それ以上されたら……）

スラックスの前がさらに大きく膨らんでしまう。そのとき、貴子の視線がちらりと股間に向けられたのがわかり、顔面が燃えあがるように熱くなった。

「す、すみません……これは、その……」

羞恥《しゅうち》と絶望が同時に押し寄せてくる。上司の前で勃起していたことがバレてしまったのだ。ただで済むとは思えなかった。だが、貴子は怒るどころか、唇にうっすらと笑みを浮かべていた。

「どうしてかしら……内田くんのこと、放っておけないの」

溜め息混じりのつぶやきが妙に色っぽい。そして、太腿に這《は》わせていた手を、そっと股間の膨らみに被せてきたではないか。

「あっ……そ、そこは……」

健太は缶ビールを握り締めたまま全身を硬直させた。

布地越しにやさしく男根を撫でまわされて、強烈な快感がひろがっていく。女の人に触れられるのは初めての経験だ。無意識のうちに腰が浮きあがって息が弾《はず》む。早くも先走り液が溢れて、ボクサーブリーフを濡らしていた。

「すごく硬いわ……」

貴子は男根を包みこむようにして、ゆっくりと擦ってくる。愛《め》でるようなやさしい手つきだった。

「どうしてこんなになってるの？」

艶《つや》っぽい上目遣いでチーフが訊《き》いてくる。

「そ……それは……」

なにが起こっているのか理解できない。いや、チーフに股間を弄《いじ》られているのはわかっている。しかし、彼女がこんなことをする理由がわからなかった。

「さっき見てたでしょう、わたしの下着。知ってるのよ」

見つめてくる貴子の瞳はなぜか潤んでいる。ゾクッとするような色香が滲《にじ》み出ており、童貞の健太は為《な》す術《すべ》もなく彼女のペースに巻きこまれていた。

「見たらいけないって思ったんですけど……」

「見ただけで、こんなに硬くしちゃったの？」

貴子は股間をさわさわ撫でまわしながら、先ほどと同じ質問を投げかけてくる。健太は言い逃れのしようがなくてこっくりと頷いた。

「上司の下着を盗み見るなんて、許されないことなのよ」

そう言いながらも怒っているわけではないらしい。濡れた瞳で見つめながら、布地越しに勃起を擦りつづけていた。

「ううっ……そ、そんなにされたら……」

健太にはあまりにも刺激が強すぎて、こらえきれない呻《うめ》きが溢れだす。このままではボクサーブリーフに精を噴きあげてしまう。きゅっ、きゅっと握り締められたときは、慌てて尻穴に力をこめて射精感をやり過ごした。

「わたしのパンティを見て興奮したのね？」

「は、はいっ……」

声を震わせながら答えると、ご褒美のように股間をやさしく撫でられる。たまらず先走り液が溢れて、さらに下着を濡らしていった。

「仕事中もいやらしい目でわたしのことを見てたの？」

「い、いえ、そういうわけでは……」

「じゃあ、二人きりになって期待したのね？」

健太は鼻息を荒げながら何度も頷いた。快感が高まっており、思考能力が極端に低下している。誘導されるように答えてしまった。

「素直でよろしい。それがキミのいいところよ」

ふいに貴子の手が股間から離れた。握り締めていた缶ビールを奪い、テーブルの上にそっと置く。そして、ベルトを外してスラックスを脱がしにかかった。

「お尻を浮かせなさい」

やさしい口調で命じられて、健太は素直に従っていた。

スラックスが太腿のなかほどまでおろされる。黒のボクサーブリーフに男根の形がくっきりと浮きあがっており、亀頭の先端部分には先走り液の黒っぽい染みがひろがっていた。

貴子の指がウエストにかかる。ドキドキしながら尻を持ちあげると、ボクサーブリーフがおろされて勃起が勢いよく飛びだした。初めて女性にペニスを見られる羞恥がこみあげるが、期待感のほうがはるかに大きかった。

「まあ……大きいのね」

貴子の声が上擦《うわず》っている。人と比べたことはないので、自分のサイズがどの程度なのかわからない。ただ、じっと凝視される恥ずかしさに身悶えした。

「そんなに見られたら……」

思わず訴えると、貴子の目もとが桜色にぽっと染まる。そして、いきり勃《た》った男根に、白魚のような指を絡みつかせてきたではないか。

「うあっ……チ、チーフっ」

軽く握られただけで、蕩けるような快感が走り抜ける。腰がぶるるっと震えて、思わず両手でソファの座面を握り締めた。

「すごく硬い。それに熱くなってるわ」

貴子はひとり言のようにつぶやくと、手首を返して男根を扱《しご》きはじめる。決して慌てることなく、硬さを確かめるようにねっとりと擦るのだ。

「こういうことされるの初めて？」

「は、はい……」

「じゃあ、わたしが経験を積ませてあげる」

しなだれかかるようにして潤んだ瞳で見つめられる。滾々《こんこん》と溢れる先走り液が、貴子の指を濡らしていた。それでもまったく気にすることなく、陰茎をやさしくマッサージしてくれる。

「どう？　こうすると気持ちいいでしょう」

「き……気持ちいいですっ」

健太は胸を喘がせながら、感激で涙をこぼしそうになっていた。

厳しくもやさしい女上司に男根を握られて、未知の快楽を送りこまれる。自分の手で扱くのとは次元の異なる愉悦《ゆえつ》が、まるで波紋《はもん》のように股間から四肢の先までひろがっていた。

(チーフに手コキしてもらえるなんて……ああ、夢みたいだ……)

まさかこんな体験ができるとは思ってもみなかった。

先走り液が潤滑剤の役割を果たし、チーフの指が肉胴の表面をぬるぬると滑っている。ひと擦りごとに快感が高まり、次から次へと透明な汁が溢れだした。

「男の子の匂い……ああ、久しぶりだわ」

貴子はうっとりした様子で深呼吸して、スローペースで指をスライドさせる。じっくりと楽しむように、硬直した肉棒をクチュクチュと扱きあげるのだ。

「内田くんのオチ×チン、また大きくなったみたい」

「くぅっ、こんなにされたら……ぼ、僕、もう……」

美貌の女上司に見つめられながら、男根をねちねちと手コキされる。夢のようなシチュエーションで、すでに射精欲は限界近くまで高まっていた。

「チ、チーフっ……もうダメですっ」

「いいわ、イカせてあげる。わたしの手のなかに出していいのよ」

耳もとで甘く囁かれて、頭のなかがピンク色に染まっていく。健太はソファの上でのけ反り、腰を大きく突きあげていた。

「ううっ……で、出ちゃいますっ」

「イキなさい、出して、いっぱい出すのよっ」

陰茎を扱くスピードが速くなる。先走り液で濡れたカリ首のあたりを重点的に擦られて、陰嚢《いんのう》がきゅうっと収縮するように持ちあがった。

「き、気持ちいいっ、くううっ、出るっ、出ちゃうっ、くおおぉぉぉぉッ！」

ついに亀頭の先端から白濁液が噴きだした。ソファの上で腰が浮きあがり、粘性の高い体液がドクドクと放出されて強烈な快美感が突き抜けていく。

貴子が肉胴を扱きながら、もう一方の手で精液を受けとめてくれる。オナニーとは比べ物にならない愉悦に、頭のなかが真っ白になっていた。初めての女性による手コキは、気を失いそうなほどの強烈な快感だった。

「いっぱい出たわね。気持ちよかった？」

女上司がやさしく囁きながら、最後の一滴まで搾《しぼ》りだしてくれる。ペニスが蕩けそうな絶頂の余韻《よいん》に浸り、健太はいつまでも腰を震わせていた。

4

「え？　ここって……」

健太は戸惑いの声を漏らして、思わず立ちどまった。

リビングのソファで射精させてもらい、人生で最高の快感を経験した。朦朧《もうろう》としながら服を直すと、手を引かれて別の部屋に案内されたのだ。

「内田くん、いらっしゃい」

貴子が妖艶《ようえん》な笑みを浮かべて手招きする。

そこは夫婦の寝室だった。部屋の中央に配置されたダブルベッドが妙に生々しく映る。部屋を照らしているのはサイドテーブルに置かれたスタンドだ。ぼんやりとした飴《あめ》色の光が、妖しい雰囲気を作りだしていた。

「ま、まずいですよ……」

まったく期待していなかったと言えば嘘になるが、さすがに夫婦の寝室は気が引ける。しかし、貴子はダブルベッドに腰掛けて、タイトスカートから覗く太腿を見せつけるように脚を組んだ。

「気を遣わなくていいのよ。せっかくだから楽しみましょう」

いつもの調子でさらりと口にするが、ほんの一瞬だけ物憂げに目を伏せた。

「チーフ……大丈夫ですか？」

思いきって尋ねてみる。なにか無理をしているのではないか。いきなり手コキをしてくれたのも、考えてみればおかしなことだった。

「どうして、そう思うの？」

貴子はほんの少し瞳を細めると、健太の目をまっすぐに見つめてきた。

「なんとなく、悩んでいるように見えたっていうか……その、僕の好きなチーフらしくないっていうか……あ、いえ、好きって言っても、深い意味じゃなくて」

自分でもなにを言っているのかわからなくなってしまう。ただの直感でしかないので、考えがまとまっていなかった。

「まいったな……。キミにそんなこと言われるとは思わなかったわ」

ふいに貴子が自嘲的な笑みを漏らす。やはりなにか原因があるらしい。

「酔っ払いの愚痴だと思って聞いてくれる？」

「僕でよろしければ。あ、こう見えても口は堅いほうですので」

真面目な顔で返事をすると、貴子はどこか淋しげにクスッと笑った。そして、ぽつりぽつりと語りはじめた。

夫は地元の会社に勤めているが、出張が多く留守がちだという。それだけでも淋しいのに、どうやら出張先で浮気をしているらしい。しかし、貴子は自分が仕事に情熱を注いでいることに原因があると思っており、夫を責められずにいた。

二人とも帯広生まれで付き合いが長いことも影響しているようだ。友だち感覚になってしまいセックスレス気味だという。

「誰かに聞いてほしかったのかな。話したらすっきりしたわ」

貴子は胸のつかえが取れたように微笑んだ。

しかし、健太は気の利いた言葉のひとつも言えずに黙りこんでしまう。いつもクールで完璧に見えるチーフが、こんな悩みを抱えているとは思いもしなかった。

「内田くん、こっちに来て」

ダブルベッドに腰掛けた貴子が手招きする。健太は寝室の入り口に立ちつくしたままだった。

「僕のことなら……」

やんわり断ろうとした言葉を呑みこんだ。チーフの顔が淋しそうに見えて、どうしたらいいのかわからなくなってしまった。

「いいから、こっちに来なさい」

「は、はい……」

戸惑っているところにいつもの調子で言われて、反射的に返事をしてしまう。ためらいながらも、ダブルベッドに座っている貴子の前まで歩を進めた。

「服を脱ぎなさい」

「え？　でも……」

「早くなさい。それとも、わたしが初体験の相手じゃご不満？」

思わず鼻息が荒くなる。もちろん不満などあるはずがない。貴子の威圧的な雰囲気に呑まれて、健太はぶんぶんと首を横に振っていた。

（ゆ、夢じゃないよな……僕もついに……）

頬をつねりたくなるほどの幸運だった。

貴子の放った「初体験」という言葉が、鼓膜を甘く痺れさせている。二十二年間童貞だった自分に、こんな瞬間が訪れるなど信じられなかった。

「ぐずぐずしない。すぐに服を脱いで裸になるのよ」

「はいっ！」

女上司に命じられて、健太は背筋をぴんと伸ばしていた。

急いでスーツの上着を脱いでネクタイをほどいていく。指先が震えてワイシャツのボタンを外すのに手間取った。貴子の気が変わらないうちにと焦りながら、ズボンと下着を一気におろした。

射精したばかりなのに、ペニスは青筋を浮かべて硬直している。だからといって手で隠すのも格好悪い気がして、健太は赤い顔で気をつけの姿勢をとっていた。

「フフッ……元気なのね」

貴子の視線が勃起に絡みついてくる。ペニスを見つめられて恥ずかしさを感じる一方、たったそれだけで先端から透明な汁が滲みはじめていた。

「ここに仰向《あおむ》けになるのよ」

ベッドをぽんぽんと叩いて、横になるようにうながされる。

夫婦の愛を確かめる場所だと思うと気が引けるが、甘美な期待に後押しされてダブルベッドに横たわった。反り返った肉柱が天井に向かって伸びている。サイドスタンドの明かりに照らされて、カリの段差が陰影を濃くしていた。

「本当に立派ね。これを使ってないなんてもったいないわ」

貴子もベッドにあがり、四つん這いになって勃起を覗きこんでくる。まじまじと見つめられると、羞恥のあまり顔が熱くなった。

「あの……そんなに見られたら、恥ずかしいです」

「見ないとなにもできないでしょう。それとも、したくないの？」

「し、したいですっ」

正直に答えると、貴子は唇に妖艶な笑みを浮かべて服を脱ぎはじめた。

シャツのボタンを上から順に外し、白いレースのブラジャーに包まれた胸もとが露わになる。若干恥じらいつつ、タイトスカートも脱いでストッキングをおろす。するとブラジャーとお揃いの白いパンティが剝《む》きだしになった。

思わず言葉を失うほどの、抜群のプロポーションだ。チーフの下着姿の艶めかしさに、健太は瞬きするのも忘れていた。

「内田くんのオチ×チン、すごいことになってるわよ」

貴子は目もとを火照《ほて》らせて、小首をかしげるように語りかけてくる。

亀頭はパンパンに膨らみ、カウパー汁にまみれて妖しい光を放っていた。牡の匂いも強烈に漂い、発情していることが丸わかりだ。

健太は女上司のセミヌードを見つめて、涎《よだれ》を垂らさんばかりの表情になっていた。

「わたしのことを見て興奮してるのね。もっと見たい？」

囁くような声に何度も頷くと、貴子は嬉しそうに微笑んだ。

背中に両手をまわしてブラジャーを外す。すると、お椀をふたつ伏せたようなバストが露わになった。張りがあるのにプルプルと柔らかそうに揺れている。なめらかな丘陵の頂点では、濃いピンク色の乳首が鎮座していた。

（これがチーフのおっぱい……なんていやらしいんだ！）

貴子の横顔には恥じらいが浮かんでいる。だからこそ、健太の興奮はさらに高まっていくのだ。

チーフのほっそりとした指がパンティのウエストにかかった。細腰をくねらせながら薄布をゆっくりおろしていくと、黒々とした陰毛が現れる。クールで色白の美貌に反するように、女上司の恥毛はもっさりと生い茂っていた。

「濃いから恥ずかしいわ……。おばさんでがっかりした？」

貴子が照れ隠しにつぶやいた言葉を、すぐさま首を振って否定する。がっかりするどころか、健太は涙が溢れそうなほど感動していた。

白い肌に黒い草原がひろがる光景は、たまらなく艶めかしかった。そして、恥じらう三十二歳の人妻がまた可愛かった。

「すごく綺麗です……チーフの身体……」

くびれたウエストから、程よく脂《あぶら》が乗ったヒップにかけての曲線が艶めかしい。美とエロスが同居する究極の光景を前にして、興奮は最高潮に達していた。触れてみたいが、しかし願望を言葉にする勇気はなかった。

「緊張してるの？　怖がらなくても大丈夫よ」

貴子が腰にまたがってくる。両膝をベッドカバーにつけた騎乗位の体勢だ。屹立《きつりつ》した男根の真上に、神秘の女穴が迫っていた。

漆黒の草むらの向こうに、サーモンピンクの器官がちらついている。健太が初めて目にする女陰だった。角度的にははっきりと見えないが、だからこそ興奮が掻きたてられるのだ。

「キミに足りないのは経験よ。自信をつけさせてあげる」

チーフの右手が勃起の根元を摑み、そのままゆっくりと腰が下降してくる。亀頭の先端にヌチャッと柔らかい陰唇が触れて、妖しい期待感が膨れあがった。

「お互い前戯はいらないわね。内田くん、いくわよ」

目もとを染めた貴子が囁いてくる。健太は目を大きく見開いて頷いた。

チーフも興奮していたらしい。女陰はたっぷりの蜜で潤っていた。さらに腰が落ちて、貴子の唇から「ンンっ」という微かな声が漏れる。同時に亀頭が生温かい肉の狭間《はざま》に沈みこみ、蕩けるような快美感がひろがった。

「ああ、やっぱり大きいわ……キミのオチ×チン」

「うわっ……き、気持ちいいっ」

健太は思わずのけ反り、ダブルベッドの上で四肢を突っ張らせる。男根がヌメヌメと呑みこまれていく感覚は強烈だ。両手でベッドカバーを強く握り締めて、懸命に射精感をこらえなければならなかった。

「内田くんの初めて、もらっちゃった……どんな気分？」

貴子が潤んだ瞳で尋ねてくる。股間はぴったりと密着して、男根はぬめる膣肉に包まれていた。

「あ……あったかいです……くぅっ」

ついに童貞を喪失した嬉しさと、射精をこらえる苦しさが同居している。まだ挿入しただけなのに、今にも暴発しそうな快感がひろがっていた。手コキで放出していなかったら、いきなり射精していたに違いなかった。

「動くわね。初めてだからゆっくりしてあげる」

貴子はやさしく囁くと、さっそく腰をくねらせはじめる。屹立を根元まで呑みこんだ状態で、擦りつけるように前後に動かすのだ。

両膝をベッドカバーにつけての騎乗位は、股間が隙間なくぴったり密着するのがいやらしい。濡れた膣肉にペニスがぬるぬると扱きあげられて、先走り液がとめどなく溢れだしていた。

「あぁっ、チーフ……すぐに出ちゃいそうです」

あまりの快感に、健太は女の子のように喘いでしまう。頭の片隅で恥ずかしいと思いながらも、声を抑えることはできなかった。

「気持ちいいのね。でも、もう少し我慢しなさい」

「そ、そんなこと言われても……チーフのなか、すごくウネウネして……」

「余計なこと言わないの。あぁンっ、もっと感じさせてあげる」

貴子が腰をねちっこくしゃくりあげる。陰毛同士が擦れ合い、シャリシャリと卑猥《ひわい》な音を響かせていた。

奥歯を食い縛《しば》って射精感に耐えていると、両手を取られて乳房へと導かれる。気づくと左右の手のひらに、しっとりとした乳肉が触れていた。

「女の身体はデリケートなの。やさしく揉むのよ」

恐るおそる指先を曲げて、真っ白な乳房にそっと食いこませる。どこまでも沈みこむような柔らかさは、男の体ではあり得ない感触だった。

(これがおっぱい……なんて柔らかいんだ)

しかもそれが毎日顔を合わせている上司の胸だと思うと、なおのこと興奮が高まっていく。あの仕事をてきぱきこなすチーフが、ねちねちと腰を使いながら甘い吐息をこぼしているのだ。

「あんっ……わたしも気持ちよくなってきたわ……ンっ……ンンっ」

貴子は瞳を潤ませて、媚肉で男根を食い締めていた。大量の愛蜜で結合部はぐっしょりと濡れそぼり、腰をくねらすたびに卑猥な水音が響き渡った。

「そんなに動かれたら……チ、チーフっ」

これほどの快感はかつて味わったことがない。手コキでの射精をすでに凌駕《りょうが》する愉悦が下半身を包んでいる。陰嚢のなかでは、白いマグマがブクブクと音を立てて沸騰していた。

「初めてだものね。いいわ。出したかったら、いつでも出していいのよ」

そう囁いてくる貴子も、腰を小刻みに痙攣《けいれん》させている。膣襞《ちつひだ》のうねり具合も激しくなり、男根が奥に引きずりこまれるような感覚に包まれていた。

「ううっ、すごいです……くううっ」

「内田くんの大きいから、あンっ、わたしも……」

乳房を揉んでみると、ふいに貴子の息遣いが荒くなった。

チーフが自分の愛撫に反応する姿を見て、健太自身も昂《たか》ぶりを覚えていた。指の股に乳首を挟みこみ、ねっとりと大胆に揉みあげていく。

「ああンっ、いいわ、それ……はンっ、こんなの久しぶりなの」

貴子の腰の振り方が激しさを増す。まるで男根をねぶるように、膣道全体で絞りあげてくるのだ。

「うわっ、締まってる……ううっ、出ちゃいますっ」

健太は仰向けの状態で両脚をピーンッと伸ばし、苦しげな呻き声を漏らした。

「あっ……あっ……いい、内田くん、わたしも感じるわ」

貴子も艶めかしい声をあげて、蜜壺を激しく収縮させている。ペニスを根元まで呑みこんだまま、くびれた腰をこれでもかと振りたくっていた。

「チーフっ、もうダメですっ、ううっ、も、もうっ」

「そんなにいいの？　ねえ、わたしのなか、そんなに気持ちいい？」

誰かに必要とされていることを確認したいのかもしれない。貴子は腰をしゃくりあげながら、何度も同じことを訊いてくる。

「いい、すごくいいですっ、チーフのなか、気持ちいいっ」

「わたしで感じてくれてるのね。ああっ、嬉しい」

健太が正直に答えると、貴子は心底嬉しそうに腰のグラインドを加速させた。健太の腹筋に爪を立てて、これでもかとグイグイ振りまくるのだ。健太の上で淫らに踊る美貌の上司の姿に、ついに興奮はクライマックスに達した。

「し、締まる、チ×ポが……うああっ、もう本当に出ちゃう！」

「ああッ、いいの、出して……はああンっ、内田くん、なかに出してぇっ！」

あのクールな女上司が、あられもないよがり啼《な》きを撒《ま》き散らしている。健太は巨乳を揉みしだいて乳首を摘み、ついに獣《けもの》のように唸《うな》りながら欲望を噴きあげた。

「出しますよっ、くうううッ、出る出るっ、ぬおおおおッ！」

媚肉に包まれての射精は、魂まで吸いだされそうな快感だった。オナニーとは比較にならない快美感が、連続して突き抜けていく。どうしても声をこらえることができず、低い声で呻きつづけた。

精液を吐きだしている最中にもかかわらず、貴子は執拗《しつよう》に腰を振りたててくる。愉悦はさらに深くなり、腰がビクンッ、ビクンッと激しくバウンドした。

「あううッ、内田くんっ、いいっ、熱いのっ、あッ、ああッ、わたしも感じる、イキそうっ、あああッ、もうダメっ……イクっ、イッちゃううううッ！」

仕事のできるクールな女上司が、中出しの衝撃に乱れまくって昇りつめていく。その淫らがましい光景は、快感で朦朧としている健太の脳裏にもしっかりと刻みこまれた。

貴子は童貞のペニスを心ゆくまで貪ると、脱力したように倒れこんできた。

（チーフ、すごくよかったです……ありがとうございます）

最高に甘美な初体験だった。健太は女上司の背中にそっと手をまわし、女体をやさしく抱き締めた。

するとと貴子は息を乱しながらも、健太の頬を両手で挟みこんできた。そして無言で唇を重ねてくるではないか。

ぬめる舌を絡め合わせて唾液をねっとりと交換する。初セックスよりもファーストキスのほうが後になったが、すべてが蕩けるような体験だった。

第二章　牧場での蜜戯

1

甘い体験から一週間が経っていた。

健太がヒロセ自動車河幌営業所に赴任したのは一ヵ月以上前のことだ。生活のリズムが整ってきて、身体はずいぶん楽になっている。しかし、気持ちが晴れ渡ることはない。田舎暮らしに馴染めないのだ。

朝のミーティングが終わり、健太は自分のデスクで新車のパンフレットと名刺を鞄に詰めていた。

各家庭をまわる飛びこみ営業の毎日だが、今のところ成果はあがっていない。田舎暮らしどころか、仕事も向いていないのではないかと不安になってくる。そろそろ営業実績を残さなければと、焦りばかりが大きくなっていた。

ついチーフをちらりと見てしまう。パソコンのモニターを覗きこんでおり、健太の視線にはまったく気づいていない。いや、あえて気づかない振りをしているのかもしれなかった。

あの夜以来、貴子とはなにもない。

少しだけ距離が縮まったような気はするが、二人きりになるようなシチュエーションに誘われることはなかった。

上司として健太に自信をつけさせたかったのは本当だろう。相談に乗るつもりで飲みに誘ってくれたのだ。だが、夫の浮気で肉欲を抱えていたことから、流れであんな事態に発展してしまった。

いつも冷静沈着なチーフだが、じつは欲求不満で悩んでいたのだ。

貴子は何事もなかったように接してくる。これが大人の関係なのかもしれない。少し淋しいが、泥沼の不倫に発展するよりはいいはずだ。彼女のさっぱりした性格に救われたと考えるべきだろう。

しかし、頭ではわかっていても、つい小さな溜め息が漏れてしまう。

どんなに期待しても無駄なのはわかっている。それでも、筆おろしをしてくれた女性が近くにいれば気になるのは当然だった。なにしろ、これまでの人生で最高の快楽を与えてくれたのだから……。

「なにボーッとしてるのよ」

そのとき背後から、先輩風を吹かした亜希の声が聞こえてきた。

「亜希……さん？」

チーフと再びセックスする妄想を打ち消しながら振り返る。すると、亜希は怖い顔で腕組みをしていた。

「ちょっと、ウチケン、今、あたしのこと呼び捨てにしようとしたでしょ！」

きついアイシャドウを引いているため、目を吊りあげると余計に怒っている印象が強くなる。顎をツンとあげると、茶色のポニーテイルが大きく揺れた。

「ち、違うよ、亜希が急に話しかけ……あ、いや、違いますよ、亜希さん」

年下だからというよりも、亜希が飾らない性格なので、ふいに話しかけられると気軽に返してしまうことが何度もあった。

「ほらまたっ、いつも心のなかで呼び捨てにしてるんだ。そうに決まってる！」

「だから違うって、あれ？　違いますって」

「あっ、今のは絶対わざとでしょ！　先輩に対する言葉遣いがなってないっ」

亜希はここぞとばかりに責めたててくる。反論すれば火に油を注ぐことになるのは目に見えていた。だが、こんな日常のやりとりが楽しくもあるのだ。

「亜希さん！　どうもすみませんでしたっ」

健太は椅子から立ちあがると、わざとらしく腰を九十度に折り曲げた。

すると亜希は途端に機嫌を直して、鷹揚《おうよう》な態度でうんうんと頷く。これもいつものパターンだった。

「まあ、そこまで言うなら、今回だけは許してあげる」

ようするに亜希も本気で怒っているわけではないのだ。歳が近いこともあって、互いになんとなく馬が合うような気がしていた。

一連の二人のやりとりを、貴子が呆れたような笑みを浮かべながら眺めている。健太本人は営業成績をあげられなくて焦っているが、チーフや亜希からは営業所の一員として受け入れられているようだった。

「ところで、ウチケン。あんた、まだ一台も売ってないじゃない。ぼんやりしてる暇があるんなら、とっとと営業に行きなさいよ」

それを言われると耳が痛い。急に現実に引き戻されたような気がして、頬の筋肉がひきつってくる。

「それでは、行ってまいります！」

健太は慌てて告げると、営業用の黒い鞄を摑んで逃げるように飛びだした。

2

今日は街から少し離れた地域まで足を伸ばしてみるつもりだ。

郊外に向かうゆるやかな坂道を、営業車でゆっくりと登っていく。すぐに商店や民家がなくなり、周囲は雑草だらけの空き地がひろがるだけとなる。

（あれ？　おかしいな……）

あらかじめ地図で調べておいたのだが、どこかで道を間違えたのだろうか。目的の新興住宅地が見つからない。

しばらく車を走らせていると、木製の柵に囲まれた広大な土地が見えてきた。そこに何十頭もの牛が放牧されている。白と黒のまだら模様の牛たちが、青空の下でのんびりと草を食《は》んでいるのだ。

（おお、本物の牛だ……たくさんいるなぁ）

健太は思わずアクセルを緩めていた。

北海道にやってきて一ヵ月以上経つが、牛を見るのは初めてだ。街から三十分ほどしか走っていない場所に牧場があるとは知らなかった。

スピードを落として流していると、柵が切れている箇所を発見した。そこから牧草地の中心を突っ切るように脇道が伸びているようだ。舗装されていない土が剝きだしの道で、やはり木製の柵がつづいていた。

雄大な風景に惹かれるようにハンドルを切った。

曲がり角に〝重森《しげもり》牧場〟と書かれた木製の看板が立っていた。もしかしたら私道なのだろうか。牛を目で数えながら低速で進んでいく。だが、あまりにも多くて、三十を越えたところで諦めた。おそらく五十頭以上はいるだろう。

やがて脇道は行きどまりになった。

赤い三角屋根の大きな建物がいくつかある。円柱状で背の高い建物は、牧草を貯蔵するサイロだろう。いずれにせよ、健太にとっては馴染みのない建造物ばかりだ。そんななかに、ごく普通の一軒家も建っていた。

(あれは酪農家《らくのうか》の自宅かな？)

目的の新興住宅地ではないが、せっかくなので名刺とパンフレットを置いていこうと思う。地道な営業が、いつか実を結ぶかもしれない。

健太にしては珍しく積極的な心境だ。いつも飛びこみ営業の前はひどく緊張してしまう。だが、今は大自然のなかにいるせいか気持ちがほぐれていた。

一軒家の前で車を降りる。大きな木製のドアの隣に〝重森〟と書かれた表札があった。やはり重森牧場の経営者が住んでいる家に間違いないだろう。

営業鞄を右手に持ち、躊躇することなくインターフォンのボタンを押した。ピンポーンというチャイムの音が聞こえてくる。しかし、応答がない。もう一度押してみるが結果は同じだった。

家の外には洗濯物が干してある。もしかしたら居留守かもしれない。飛びこみ営業をしていれば、居留守を使われることなど日常茶飯事だ。さほど気にすることなく車に戻ろうとしたとき、三角屋根の倉庫のような建物から人影が現れた。

「あら、ごめんなさい。牛舎にいたから気づかなかったわ」

年の頃は三十代前半だろうか。柔らかい微笑が特徴的な女性だった。

ふくよかな身体つきはグラマーと表現してもいいと思う。ダンガリーシャツの襟《えり》はラフな感じに開かれており、豊満なバストがこぼれそうになっている。タイトなブルージーンズが貼りついたヒップの丸みもセクシーだ。

黒髪のセミロングで、北国の女性らしく肌は白い。足もとは履き慣れた感じのスニーカー。いかにも活動的な酪農家の奥さん風だが、ほっこりした雰囲気も漂わせていた。

「どちら様だったかしら。あっ、新しく来たっていう獣医さん？」

その女性は人懐っこそうな笑みを浮かべて歩み寄ってきた。

「ちょっとお乳の出が悪い牛がいるのよ。すぐに診てもらえるかい？」

「あ、いえ、僕は獣医さんじゃなくて自動車のセールスマンです」

健太は鞄のなかから名刺とパンフレットを取りだそうとする。しかし、誤解をとこうと焦ったばかりに、鞄の中身をぶちまけてしまった。

「あらあら、なに慌ててるのさ」

北海道弁の柔らかいイントネーションが、やさしく心に染み入ってくる。彼女はいっしょになって名刺とパンフレットを拾いあげてくれた。

「す、すみません、ありがとうございます」

いきなり失敗して営業どころではなくなってしまった。頭をさげながら受け取り、肩を落とす。すると、明るい笑い声が響き渡った。

「なに暗い顔してるの。営業マンは笑顔が命でしょ」

「あ……は、はい、失礼しました」

顔が赤くなってしまったのは、失敗が恥ずかしかったわけではなく、彼女のやさしい笑顔にドキッとしたからだ。

「内田健太、いい名前ね」

名刺を渡すと、彼女はにこにこしながら声をかけてくれた。

「わたしはふみえ、重森ふみえ。この家の主婦よ」

彼女は律儀に名乗ると、右手を差しだしてくる。握手を求められているのかと思ってどきりとするが、ふみえは健太の手からパンフレットを奪っていった。

「ど、どうぞ。今、一番売れているファミリーカーです」

「ファミリーカーねえ……。もっと小さいのはないの？」

「ございますっ、人気のコンパクトカーがありまして、ただ今、パンフレットを……えっと、あれ、おかしいな」

鞄のなかを覗きこんで探るが、他の車種のパンフレットが入っていない。入れたつもりで、持ってくるのを忘れていたらしい。

「健太くん、新人なんでしょ。がんばりなさいよ」

気さくに名前を呼ばれて、なにかくすぐったいような気分になる。

知らない土地で、人情に飢えていたのかもしれない。名前で呼んでもらえることが、これほど嬉しいとは思わなかった。

「パンフレットは後ほどお届けします……あの、ふ、ふみえさん？」

思いきって下の名前で呼んでみる。どうせなら、もう少し距離を縮めたいという思いが湧きあがっていた。チーフのおかげで童貞喪失を果たし、女性に対して少し自信が出てきたせいなのかもしれない。

「なあに？」

ふみえはにっこりと微笑み、顔を覗きこんでくる。どうやら気を悪くした様子はなさそうだ。

「どうして、僕が新人ってわかったんですか？」

「それはわかるわよ。健太くん、ドジだし、それに言葉が違うもの」

ふみえはまたしても楽しそうに笑う。これほど笑顔が似合う女性は、なかなかいないのではないか。明るい表情がとにかく魅力的だった。

「言葉、ですか……。新人だってわかっちゃうから、車が売れないんですね。あ、その前にパンフレットを撒き散らしたらダメですよね」

健太も自然と笑みをこぼしていた。

「フフッ……。健太くん、この辺の人じゃないっしょ。どこから来たの？」

「東京からです。生まれは長野ですけど」

「やっぱり内地の人だったのね。ずいぶん遠くから来たんだね。わたしはこの街で生まれ育ったのよ」

ふみえは正真正銘の道民らしい。「内地」というのは、北海道の人が本州のことを指す言葉だ。地元の人と話していると耳にすることが多かった。

「わたしは今年で三十五になるけど、北海道から出たのは高校の修学旅行で東京に行った一回きりさ。旦那は高校の同級生で、やっぱり生まれも育ちも地元なのよ。だから東京なんて、もう外国みたいな感じなのよね」

包み隠さないところも、彼女の魅力のひとつだろう。ふみえが大人になっても純朴さを保っていられる理由が、なんとなくわかったような気がした。しかし三十五歳とは驚きだ。色白の肌は二十代と言っても通用しそうだった。

「あれ？　そういえば旦那さんの姿が見当たりませんね」

酪農家といえば、青か白のツナギを着て作業している姿を想像する。しかし、どこにもそんな人影は見当たらなかった。

「今日は酪農家の会合に出かけてるから留守なのよ」

ふみえによると、酪農家の一番の仕事は早朝と夕方の搾乳《さくにゅう》だという。昼間は牧草の管理や牛舎の掃除などの雑用に当てられるのが一般的らしい。

「娘は学校に行ってるから、今はわたしだけ。うちは規模が小さいから人は雇ってないの。大きいところは住みこみで何人も使ってるけどね」

健太は思わず背後の牧草地を振り返った。

これで小さいと言うのだからスケールが違う。この広大な牧場を夫婦二人だけで管理しているとは信じられなかった。

「ここは帯広でも田舎でしょ、だから夜になると星がすごく綺麗なのよ。今度彼女でも連れてきなさいよ。あ、そうそう、東京から来たなら牛乳飲んでいきなさい。今朝、搾ったのがまだ残ってるから。ちょっと待ってて」

ふみえはひとりで勝手にしゃべり、いきなり家のなかに入っていった。

（なんか、忙しい人だな……）

健太は思わず微笑んでいた。

どうせ車は簡単に売れないのだから、少しくらい寄り道をしてもいいだろう。ふみえのやさしさに触れて、そんな心のゆとりが生まれていた。

思いきり伸びをして、牧草の香りを肺いっぱいに吸いこんでみる。どこまでもつづく青空のように、心まで晴れ渡るような気がした。

3

「美味い！」

お世辞ではなく本気の言葉だった。

健太は牛乳がなみなみ注がれたコップを手に、放牧地を取り囲む柵の前に立っていた。ふみえがせっかくだからと、牛が見える場所まで案内してくれたのだ。

「お鍋で火を通してあるから、お腹を壊すこともないはずよ。飲みたかったらまだあるから、たくさん飲みなさいな」

「はい、ありがとうございます」

青空の下で飲む牛乳は最高だった。口のまわりが白くなるのも気にせず、喉をゴクゴク鳴らしながら飲んでいく。濃厚で甘みがあって臭みがないのだ。

「今まで飲んできた牛乳と全然違いますよ」

素人に味の違いなどわかるはずがないと思っていた。しかし、実際に飲んでみると市販の牛乳との違いは歴然だった。

「ここにいる牛たちから搾ったのよ。ウチのは全部ホルスタインね。図体は大きいけど、意外とデリケートなのよ」

ふみえは満面の笑みを浮かべて、牛乳を飲む健太を見つめていた。

牛はのんびり草を食んでいる。遠くから眺めているだけなら、どこか呑気《のんき》でユーモラスだが、近づくとなかなか迫力があった。

「酪農家は遠出ができないでしょ。だから、たまにお客さんが来ると嬉しくて」

農家は休みがとれないという話は聞いたことがある。ましてや牛が相手では、毎日の世話と乳搾りは欠かせないのだろう。そういえば、ふみえは北海道から一回しか出たことがないと言っていた。

「泊まりがけの旅行とかは無理ですよね」

「そうなのよ。たまには温泉でゆっくりしてみたいわぁ、なんていうのは贅沢《ぜいたく》よね」

ふみえは冗談めかすが、温泉に行きたいというのは本音だろう。

相槌《あいづち》を打ちながら、空になったコップを木の杭の上に置く。そして柵に寄りかかろうとしたそのとき、いきなり手首を強く摑まれた。

「そこ、危ないわよ」

「えっ……うわあっ！」

腕を引かれて前のめりになり、ふみえの胸に顔面から突っこんでしまう。しかも両手をダンガリーシャツの乳房に押し当てていた。

「あっ……す、すみませんっ、わざとじゃないんです！」

健太は慌てて飛び退《の》くと、顔を真っ赤にして必死に謝罪する。しかし、頰と手のひらには、乳房の柔らかな感触がしっかりと残っていた。

「そんなに慌てなくても大丈夫よ。説明してなかったわたしも悪いんだから。そこの柵は〝電牧《でんぼく》〟といって、牛が逃げないように電気が流れてるの」

木製の柵に沿って電牧線という細い線が張り巡らされており、そこに電気が流れているという。人が触っても危険はないが、結構な痛みを感じるらしい。

「こっちに来なさい。ほら、この柵なら大丈夫よ」

放牧地の隣にある牧草地の柵には、電牧線が張られていなかった。

「ほら、顔をあげなさいな。さっきも言ったでしょ、お客さんが嬉しいの」

ふみえは包みこむような笑みを浮かべて、健太を安全な柵に寄りかからせる。そして隣で柵に両肘をつき、眩《まぶ》しそうに牧草地を眺めるのだ。

「でも……健太くんに胸を触られて、ドキドキしちゃった」

「ふ、ふみえさん……」

罪悪感に駆られている健太は、思わず頬をひきつらせてしまう。初体験は済ませたとはいえ、女性の扱いに慣れたわけではなかった。

ふみえは悪戯っぽく「ウフフッ」と微笑んでいる。健太との会話を心から楽しんでいるようだった。

「健太くんみたいな若い男の子とお話するの、久しぶりだわ」

吹き抜ける風に黒髪をなびかせながら、ふみえがぽつりとつぶやく。その声は、少し淋しそうな響きをともなっていた。

(ふみえさん、どうかしたのかな?)

横目で見やった瞬間、思わず鼻血が噴きだしそうになった。

白い胸の谷間が大胆に覗いているではないか。柵に肘をついて前屈みになっているため、ダンガリーシャツの襟もとが大きく開いているのだ。

しかも腰を軽くそらしてヒップを後方に突きだす格好なので、タイトジーンズがパンパンに張りつめている。むっちりとした臀部《でんぶ》の丸みが、どうだと言わんばかりに強調されていた。

（すごい、ムチムチだよ……）

健太は無意識のうちに生唾を呑みこんだ。

偶然触れてしまった胸の感触も生々しくよみがえってきて、思わずぼーっとしてしまう。

「あら？　健太くん、それ……」

そのとき、ふみえが驚いたようにつぶやいて絶句した。

「え……？」

意識が現実に引き戻されると、下半身に突っ張るような感覚があった。

恐るおそる股間を見おろした途端、顔からサーッと血の気が引いていく。スラックスの前が大きくテントを張っていた。しかも柵に寄りかかっているため、股間を突きだすような格好になっているのだ。

（やばい……これはやばすぎる）

営業中に勃起するなどあり得ない。苦情がチーフの耳に入れば、クビはまぬがれないだろう。いや、その前に変質者扱いされて警察に通報されるかもしれない。

悪い想像ばかりが、一気にこみあげてくる。

健太は眩暈《めまい》を感じて倒れそうになり、かろうじて両手を左右にひろげて柵の上段にかけた。まるで強烈なパンチを受けたボクサーが、リングのロープにもたれかかっているような状態だ。

「いや、これは、その……」

いくら田舎暮らしに不満を抱いていたとはいえ、こんな幕切れは悲しすぎる。せめて車を一台売ってから、自らの意志で辞表を出したかった。

(ぼ、僕は、もうお終《しま》いだ……)

健太が人生の終焉《しゅうえん》さえ覚悟したそのとき、隣のふみえがこらえきれないといった感じで「プッ」と噴きだした。

唖然として見やると、ふみえは瞳に涙さえ滲ませて「クッ、クッ」と押し殺すような笑い声を漏らしている。健太の視線に気づくと、いよいよ大きな声をあげて笑いはじめた。

「ごめんね。だって、あんまりおかしいから」

ようやくしゃべれる状態になると、ふみえは目尻の涙を指先で拭《ぬぐ》った。

「なにが……ですか?」

さすがに憮然としながら尋ねる。すると、ふみえは一転してやさしげな瞳で見つめてきた。

「健太くん、真面目なのね。わたし、なんにも怒ってないのに、ひとりで焦りまくっていて。アソコを大きくしちゃったことを気にしてたんでしょう?」

はっきり言われて思わず赤面してしまう。ふみえの顔を見ることができずに、健太はがっくりとうつむいた。

「健太くんと出会えたことが嬉しいんだから。それに、わたしのおっぱいを触ったから、そんなになっちゃったのよね？」

「え……っと、それは……す、すみませんでしたっ」

実際には胸に触れたことだけではなく、その豊満な身体つきを盗み見ていたことも要因なのだが、さすがにそこまでは言えなかった。

「謝らなくていいの。女として見られるのは、いやじゃないから」

ふみえの口調が変化した。なにやら恥ずかしそうに目もとを染めている。先ほどまで元気いっぱいだったのが嘘のように、急に歯切れが悪くなっていた。

「ううん、女として見られて嬉しいっていうか……」

「あの……ふみえさん？」

「あ、あのね、うちの人、娘が生まれてから、わたしの身体に興味がなくなったみたいなの」

ふみえは柵に背中を預けると、小さく溜め息をついた。

「全然ないわけじゃないのよ。でも回数が減っちゃって……」

どうやら夜の生活がうまくいっていないらしい。出産後に夫が手を出してこなくなるという話は、どこかで聞いたことがある。世の夫婦にはよくある問題なのだろうか。原因は違うがチーフもセックスレス気味だと言っていた。

（僕が勃起したりしたから、余計なことを思いださせちゃったんだ……）

急にふみえの元気がなくなったことに、多少なりとも責任を感じてしまう。それなのに、スラックスの前はいまだにテントを張りつづけていた。

「健太くん、全然収まらないわね」

ふみえの熱い視線を股間に感じる。今や彼女の興味は、健太の下半身にだけ向いているようだった。そして、驚くべき言葉を口にした。

「ちょっとだけ、触ってもいいかしら？」

「え？　ちょ、ちょっと……うぅっ」

困惑して聞き返したときには、股間をやんわりと摑まれていた。

スラックス越しとはいえ、女性の指で陰茎を握られてジーンと痺れるような快感がひろがっていく。思わず腰がぶるるっと震えて、先走り液が溢れだした。

「すごく硬くなってるわ」

ふみえの指が微妙に蠢く。男根の形と硬度を確かめるように、やわやわと揉みこんでくるのだ。

「ふ、ふみえさん……困ります」

勃起を握られるたびに快感が大きくなり、透明な汁がトクトクと溢れてしまう。健太は柵にもたれて、戸惑いながらものけ反っていた。

青空の下で初対面の女性に股間を弄られている。信じられない展開に、どう対処したらいいのかわからない。

（こんなところ、誰かに見られたら……）

そう思いつつも、手を払いのけることはできなかった。

事の発端は健太が勃起を見せつけたことにある。それにこれまで出会ったことのない、ほっこりとした雰囲気の人妻に魅力を感じていた。

「大丈夫よ、誰も来ないから」

ふみえは発情しながらも冷静だった。まるで心を見抜いたかのように囁き、スラックスの股間をさらに揉みこんでくる。

「うちは奥まってるから、人に見られることはないわ」

確かに周囲を見まわしても建物は見当たらない。どこまでも牧草地がひろがっているだけだった。

「で、でも……」

「それとも、わたしみたいなオバちゃんはいや？」

ふみえは男根を握ったまま淋しそうにつぶやいた。その横顔があまりにも悲しげで、胸の奥に罪悪感が湧きあがった。

「そんなことないですっ、ふみえさんは魅力的です！」

無意識のうちに声が大きくなっていた。

躊躇したことで彼女を傷つけてしまったのかもしれない。そう思うと、普段は赤面してしまうような言葉でも、すらすら言うことができた。

「ふみえさんみたいに素敵な女性に触ってもらえて、すごく感激しています」

「ありがとう。嬉しいこと言ってくれるわね」

ふみえの顔に笑みが戻る。それだけで健太は救われたような気持ちになった。

「もう少し、してもいいでしょ？」

囁く声が艶を帯びている。ふみえはスラックスの膨らみを揉みながら、健太の前にしゃがみこんだ。

「旦那はしばらく帰ってこないから心配しないでいいわよ」

「そういうことじゃなくて……あの、なにを？」

土の上にひざまずいたふみえが、にっこりと微笑みかけてくる。指先がスラックスのファスナーにかかり、ジジジッとおろされていった。

「ふ……ふみえさん？」

「安心して。わたしたちのことを見てるのは牛くらいよ」

ふみえがそう言った途端、タイミングよく放牧中の一頭がモォ〜と呑気な鳴き声を響かせた。

「ううっ……そ、それは……」

スラックスの前合わせから白い指が侵入して陰茎をじかに摘んだ。

「すごく熱いわ。出していい？」

有無を言わせず外に引きだされた男根は、肉胴部分に太い血管をのたくらせて屹立している。亀頭はパンパンに膨らみ、大量の先走り液でヌメ光っていた。蒸《む》れた匂いがむわっと溢れだし、羞恥のあまりに身を捩《よじ》った。

「すごく大きいのね……はぁっ、いい匂い」

ふみえがうっとりした顔で深呼吸をする。陰茎の香りを吸いこむことで、目もとが妖しい桜色に染まっていく。

「あ、あの……すごく恥ずかしいんですけど」

健太は柵にもたれかかった状態で、顔を真っ赤に染めていた。

晴れ渡った牧場でペニスを剝きだしにされている。しかも、むっちりグラマーの人妻が、亀頭に鼻先を寄せてくんくんと執拗に匂いを嗅いでいるのだ。

「若い男の子の匂い。ああん、もう我慢できないわ」

ふみえが顔を寄せてきたと思ったら、いきなり亀頭に唇を被せてきた。生温かいぬるりとした感触に包まれて、腰が蕩けそうな快感がひろがった。

「うわっ、ふ、ふみえさんっ」

強烈な射精感がこみあげるが、尻肉に力をこめることでやり過ごす。だが、快感は消えることなく、陰茎を甘くとろとろに痺れさせていた。

「ンっ……ンっ……」

ふみえは微かに鼻を鳴らしながら、さらに男根を呑みこんでいく。ふっくらとした柔らかい唇が、鉄のように硬くなった陰茎をやさしく撫でていた。

(僕のチ×ポが、ふみえさんの口に……ああ、なんて気持ちいいんだ)

それは健太が初めて経験するフェラチオだった。

あまりの快楽に奥歯をぎりぎりと食い縛る。そうでもしなければ、情けない喘ぎ声をあげてしまいそうだった。

股間を見おろすと、熟れた人妻が大きく唇を開いてペニスを咥えこんでいた。すでに根元まで呑みこんで、肉厚の唇で肉茎を締めつけている。それは見ているだけで我慢汁が溢れそうな、卑猥極まる光景だった。

「ふみえさんみたいな綺麗な人に、口でしてもらえるなんて……」

健太は陶然《とうぜん》としながらつぶやいた。

数日前、チーフに筆おろしをしてもらい、今度は出会ったばかりの人妻にフェラチオしてもらっている。これほどの幸運が二度もつづいていいのだろうか。一生の運を使い果たしてしまったような気さえしてくる。

「気持ちよすぎて、夢を見ているみたいです」

思わず溢れた言葉は本音だった。すると気をよくしたのか、ふみえがゆっくりと首を振りはじめる。唇で肉胴を擦られて、えも言われぬ快感が湧きあがった。

「くっ……そんなにされたら、ふみえさんっ」

すぐに腰が震えだし、慌てて寄りかかっている木製の柵を強く摑む。そうしていないと、体が浮きあがってしまうような錯覚に囚《とら》われていた。

「美味しいわ。健太くんのこれ……」

ふみえはいったんペニスを吐きだすと、唾液にぬめる肉胴に指を絡めて扱きあげてくる。さらに太さを増した男根は、弓なりにググッと反り返っていた。

「指も……くぅっ、指もいいですっ」

指がねちねちと滑るたびに、先端の鈴割れから透明な汁が溢れだす。未知なる快感は際限なく膨らみつづけていた。

「もっとおしゃぶりしていい？　こういうこと、最近してなかったの」

ふみえは上目遣いにつぶやくと、返事を待たずに再びむしゃぶりついてくる。男根をいきなり咥えこみ、口内でねっとりと舌を絡みつかせてくるのだ。

亀頭を飴玉のように舐《な》めまわされ、カリの周囲を舌先でくすぐられる。肉胴に唾液をまぶされて、唇でヌルヌルと摩擦された。

「それ、すごいです……くううっ」

「感じてくれてるのね。嬉しいわ……」

「い、いいですっ、チ×ポが溶けちゃいそうです」

青空の下、牧場で人妻にペニスをしゃぶられている。背後には広大な牧草地がひろがり、すぐ近くには放牧されている牛の姿も見えているのだ。男根を甘く溶解していくような快楽に、膝がカタカタと震えはじめていた。

(これがフェラチオなんだ……本当に気持ちよすぎるよ)

雄大な景色をバックに射精感がこみあげてくる。

田舎暮らしを嫌っていたのに、まさか北海道でこれほどの快楽を経験できるとは思いもしなかった。

「ふみえさん、もう……ううっ、もう出ちゃいそうです」

快感が限界近くまで膨れあがり、半泣き状態で訴える。すると、ふみえはますます首振りのスピードをアップしてしまう。

「出していいのよ。わたしの口に……ンンっ」

卑猥な台詞《せりふ》とともに、勃起が根元まで呑みこまれた。陰毛が鼻先をくすぐるのも気にせず、口内でクチュクチュと舌を絡ませてくる。それと同時に、頬をぼっこりと窪ませるほど吸引された。

「うわっ……すご……くううっ」

甘美すぎる快楽に思わず天を仰いだ。視界には青空がひろがり、吹き抜ける風が牧草の香りを運んでくる。だが、もう健太はなにも考えられなかった。

「本当に出ちゃいますっ、ああっ、気持ちいいっ」

「いいわ、出して。全部呑んであげる……ンっ……ンンっ」

根元に指を添えて、唇でヌプヌプと太幹を扱かれる。尿道口を舌先でくすぐられると、いよいよこらえきれない射精感が突き抜けた。

「うああっ、も、もうダメですっ」

口のなかに発射してはまずいと思い、反射的に腰を引こうとするが、ふみえの両手がスラックスの尻にまわされる。がっしりと抱えこむようにして、勃起を根元まで咥えこまれた。

「本当に出ちゃいますっ、気持ちよすぎて、ふみえさん、ごめんなさいっ、あああっ、出る出るっ、うわあああああッ！」

それは失神しそうなほどの快感だった。初めてのフェラチオで、腰を震わせながら思いきり射精した。人妻の口内に大量のザーメンを注ぎこんだのだ。

ふみえは脈動する男根を咥えたまま、眉間に深い縦皺《たてじわ》を刻みこんでいた。次々と放出される牡汁を、喉をコクコク鳴らしながら嚥下《えんげ》していった。

ようやく射精の発作が収まってくると、再びゆっくりと首を振りはじめる。そうやって、まるで搾乳のように最後の一滴まで搾りだしてくれた。

「はむううッ……」

「はぁ……美味しかった」

股間から顔をあげたふみえは、目元を妖しいピンク色に染めあげている。フェラチオ奉仕に耽《ふけ》ったことで、なおのこと発情しているのは明らかだった。

「ふ……ふみえさん……ごめんなさい、口に出すつもりは……」

「いいのよ。わたしが呑みたかったんだから」

ふみえはまるで酒に酔ったようにふらふらと立ちあがり、健太の顔をうっとりと覗きこんでくる。そして射精直後にもかかわらず勃起状態のペニスに指を絡めて、妖艶に囁きかけてきた。

「若いってすごいわ。まだできるわよね」

目を見つめて陰茎をねっとり扱かれると、健太は操《あやつ》られたように頷いていた。

4

「ここだとちょっと肌寒いから納屋《なや》に行きましょう」

ふみえに手を引かれて、健太は牛舎の隣にある納屋に連れこまれた。

もう六月とはいえ東京のように暑い日ばかりではない。風は冷たいので、長く当たっていると肌寒くなってしまう。

薄暗い納屋のなかには、干し草が山のように積まれている。牛の寝床に敷くのに使い、毎日掃除をして入れ替えるので大量に必要だという。

「ここに直接寝てもいいんだけど、今はチクチクするから」

ふみえは少し照れたように言うと、壁の釘に引っかけてある毛布を持ってきた。

「たまに干し草の上でお昼寝するのよ。健太くんもこっちに来て座って」

干し草の斜面に毛布をひろげて腰をおろし、呆然と立ちつくす健太に向かって手招きする。はにかんで微笑むふみえが、年上だが愛らしく感じられた。

誘いに乗ればどうなるのか、経験の浅い健太でも想像がつく。今度はフェラチオでは済まないだろう。相手は人妻だとわかっている。それでも抗《あらが》えない魅力が、彼女のふくよかなボディから発散されていた。

「し、失礼します……」

健太は緊張した面持《おもも》ちで、ふみえのすぐ隣に座った。

勃起したままのペニスをスラックスのなかに無理やり収めたので、股間が痛いほど突っ張っている。視線を感じて見やると、ふみえが濡れた瞳で見つめていた。

「脱がして……」

いきなり迫られて怯《ひる》んでしまう。もう少し会話があって、そういう流れになるのだと思っていた。ロマンティックとは言わないが、まずは雰囲気のある大人の会話を楽しむのだろうと勝手に予想していたのだ。

(おおらかというか、大胆だな……)

少々面食らってしまったが、欲求不満の人妻に余計な手続きは必要ないらしい。

「ねえ、服を脱がせるのは男の役目でしょう」

ふみえが焦れたように身を寄せて、熟れた身体をもじもじとくねらせた。

しかし、健太は女性の服を脱がせたことなど一度もない。初体験のときは、貴子が自分で裸になっていくのを指を咥えて眺めていたのだ。

「もしかして、童貞なの?」

もたもたしていたからだろう、ふみえが首をかしげながら尋ねてきた。

「ち、違います!」

すでに童貞を捨てている健太は、ついむきになって答えてしまった。

別にふみえも馬鹿にしたわけではないだろう。それはわかっているのだが、男としてのプライドが働き、反射的につまらない見栄を張っていた。

(なにを格好つけてるんだ……うう、まずい展開だぞ)

正直に一回しか経験がないと言えば、年上の彼女がやさしくリードしてくれたかもしれない。しかし、そのチャンスをふいにしてしまった。

ふみえは早くしてと言わんばかりに見つめてくる。ダンガリーシャツの胸を、健太の二の腕に押しつけていた。

「じゃ、じゃあ……ぬ、脱がしますよ」

ここまで来たら後には引けない。今さらリードしてくれとは言えなかった。

胸底《きょうてい》で落ち着けと念じながら、震える指先でボタンを外してシャツを脱がす。すると色白のむっちりとした上半身が露わになった。ベージュのブラジャーに包まれた乳房が、まるで誘うように深い谷間を形作っていた。

(おおっ、なんて大きいおっぱいなんだ)

視線を奪われながら、今度はジーンズのボタンに指を伸ばしていく。

ふみえは手こそ貸さないが、さりげなく腹を引っこめて協力してくれる。生地が硬いせいで難航しながらボタンを外すと、ヒップを浮かせてくれたのでジーンズを一気に引き抜いた。

ベージュのパンティが下半身に食いこんでいる。股間にぴっちりと貼りついている様が、なんとも生々しく感じられた。熟れた人妻の卑猥さが滲む、むちむちの肉感的なボディだ。人柄が癒《いや》し系なだけにギャップが興奮を掻きたてた。

生唾を呑みこみ、いよいよ下着を脱がそうとする。そのとき、ふみえが意味ありげな瞳で見つめてきた。

「わたしだけなんて恥ずかしいな。健太くんも脱いで」

「あ……そ、そうですよね」

健太は慌てて立ちあがると、大急ぎでスーツを脱いでいく。靴下は迷ったが、穿いたままだと滑稽な気がしたので脱ぎ捨てた。

(パンツはまだ早いかな?)

グレーのボクサーブリーフ一枚になった健太は、またも逡巡してしまう。ついふみえを見やると、包みこむようなやさしい微笑を浮かべていた。

些細《ささい》なことで悩む必要はない。そう言われているような気がした。

健太は思うままに、ボクサーブリーフをおろしていった。いきり勃《た》った肉棒が下腹に張りついている。ふみえの視線が絡みついてくるのが恥ずかしくて、すぐさま毛布の上にひざまずいた。

「下着も脱がしてくれるの？」

「は、はい……」

健太は毛布に座っているふみえに抱きつくような格好で、背中に両手をまわしていく。そして指先でブラジャーのホックを探った。

（あれ……これってどういう仕組みなんだ？）

この段階になって初めて気がついた。ブラジャーのホックの構造など、これまで考えたこともなかった。

女性は背中に手をまわして簡単にとめるのだから、それほど複雑な作りではないはずだ。しかし、外すことができない。心のなかに焦りが生じる。こんなところで時間をかけるわけにはいかなかった。

気の短い女性なら、すでに気を悪くしているだろう。だが、健太が悪戦苦闘している間、ふみえは文句も言わずにじっと待っていてくれた。

ようやくホックが外れると、大きな乳房が溢れるように剝きだしになった。

釣り鐘型の巨乳でプルルンッと柔らかそうに揺れている。濃い紅色の乳首が、なんとも卑猥な雰囲気を漂わせていた。

「そんなに見られると恥ずかしいな……でも、下もお願いね」

頰を染めたふみえにうながされ、パンティのウエストに指をかける。またしてもヒップを浮かせてくれたので、簡単におろすことができた。

恥毛は小判のような形に生えている。細くて柔らかそうな繊毛だ。ふみえは恥じらうように内腿を擦り合わせると、欲情に潤んだ瞳で見あげてきた。

「脱がせてくれてありがとう。健太くん」

「い、いえ……これくらい、どうってことありません」

ようやくふみえを全裸にできて、内心ほっと胸を撫でおろす。予想通り手間取ったが、股間の逸物《いちもつ》が萎《な》えることはなかった。

「来て……」

そっと手を引かれて、ふみえに折り重なるように横たわる。ふくよかな女体の感触が心地いい。すかさず陰茎にほっそりとした指が絡みつき、甘く痺れるような快感が下半身にひろがっていく。

「ううっ……」

「ねえ、健太くんも触って」

甘えるように囁かれて、健太も恐るおそるふみえの下腹部に手を這わせた。

添い寝をするような状態で、小判型の恥毛を手のひらで撫でまわす。童貞こそ卒業したが、自分から女体に愛撫を施すのは初めてだった。

(アソコに触ってもいいのかな?)

迷いながらも陰毛をシャリシャリと鳴らし、ぷっくりした恥丘をマッサージするように擦りつづけた。

もちろんその間も、ふみえの指は男根をやさしく愛でている。先走り液を全体にまぶして、ねっとりとした人妻ならではの手つきで扱きあげてくるのだ。

「ふ、ふみえさん……くぅっ」

「あンっ、焦らさないで……わたしのことも可愛がって」

ふみえが微かに股間を持ちあげる。愛撫をねだるような仕草に、健太は迷いを吹っ切った。

手のひらを恥丘に押し当てたまま、指先を内腿の隙間に押しこんでいく。ふみえが少し脚を開いてくれたので指が動かしやすくなる。女性の身体で一番デリケートな場所に触れると思うと、これまで以上に慎重になってしまう。

「はうンっ……」

指先が柔らかい部分を捕らえた瞬間、ふみえの唇から艶めかしい声があがった。

(ぬ、濡れてるっ……ふみえさん、興奮してるんだ)

初めて触れた女陰は、ヌチャヌチャと音を立てるほど濡れていた。絹のように柔らかい肉の襞が、大量の愛蜜にまみれて愛撫を待っていたのだ。

「すごく濡れてるでしょう。恥ずかしいわ」

目もとを染めたふみえは、照れ隠しのように男根を強く握り締めてくる。健太も快感に身を捩りながら、指先で女の割れ目をなぞりあげた。

「ふ、ふみえさんのことを、もっと感じさせたいんです」

「ンンっ……健太くん、上手ね。そうやってやさしく触られるの好きよ」

ふみえの言葉になるほどと思いながら、意識してそっと撫であげる。すると女体にぶるっと震えが走った。やはり繊細な愛撫のほうが感じるらしい。健太は刷毛《はけ》で掃くように、触れるか触れないかの微妙なタッチを心がけた。

濡れ方がさらに激しくなり、下肢が徐々に開きはじめる。いつしかそこは、お漏らししたような状態になっていた。

「いいわ、すごく……ああっ、ねえ、もう……」

ふみえが切なげな表情で見つめてくる。欲情しきった瞳が、なにかを訴えかけていた。そして行動で示すように、男根をグイッと扱きあげてくるのだ。

「うくぅっ、ふみえさんっ」

健太の興奮も最高潮に達していた。たまらずむしゃぶりつくように、むちむちの女体に覆い被さっていく。太腿を開かせて腰を割りこませる。一刻も早く男根を挿入しようと、闇雲に股間を突きだした。

しかし、膣口の位置がわからないのに、うまく挿入できるはずもない。初体験は騎乗位だったので正常位は初めてだ。焦れば焦るほど、亀頭は見当違いの場所を小突いていた。

「健太くん、興奮してるのね」

ふみえが股間に手を伸ばし、男根をそっと導いてくれる。亀頭の先端が柔らかい場所に触れると、両手を健太の尻にまわして鷲摑みにした。そして挿入をうながすようにゆっくりと引き寄せるのだ。

熱く勃起した男根が、温かくてぬめっとした膣肉に包まれていく。ひと呼吸で根元まで挿入して、互いの股間がぴっちりと密着した。

「ふ、ふみえさん……くぅっ、僕はふみえさんと……」

蕩けるような膣肉の感触は、あまりにも甘美すぎる。下半身がドロドロに溶けるような心地よさに、なにも考えられなくなってしまう。

「ああっ、健太くん……やっぱり大きいわ」

ふみえの囁く声が耳孔《みみあな》に流れこみ、鼓膜を甘く振動させる。それすらも愛撫になり、健太は興奮のあまり眩暈を覚えながら腰を振りはじめた。

初めての正常位でぎこちないが、それでも本能のままに体が動く。硬化した肉棒を抜き差しするたび、濡れ方が激しくなって快感がさらに大きくなっていく。

「あンっ、いい、上手よ」

ふみえの声に気をよくして、腰振りのスピードをアップさせる。豊満な乳房がタプタプ揺れるのも、視覚的な興奮を高めていた。

腰を使いながら乳房に手を伸ばしてみる。豆腐のように柔らかい乳肉の感触に昂ぶり、たまらず指を沈みこませて揉みしだいた。

「柔らかいです。ふみえさんのおっぱい」

「健太くん、いやらしいわ……ンンっ」

恥じらっているのか、ふみえが顔を背《そむ》けて睫《まつげ》毛を伏せる。そんな人妻の仕草が、ますます健太の情欲に火を点《つ》けた。乳房の先端で揺れる乳首は触れてもいないのに尖《とが》り勃っている。無意識のうちに吸いつき、無我夢中で舌を這いまわらせた。

「あンっ、健太くん、激し……ああっ」

ふみえも感じているらしく、眉を八の字にたわめて喘いでいる。健太のピストンに合わせて、下から腰をしゃくりあげていた。

ペニスがヌルヌルと扱きあげられて、急激に射精感がこみあげてくる。自然と腰の振り方が激しくなり、ふみえの肉感的な身体にしがみついた。すると彼女も両手を伸ばして抱きついてくる。汗ばんだ肌をぴったり密着させての正常位だ。

「ううっ、ふみえさん、気持ちいいですっ、すごく締まってます」

「もっとよ、もっとしてっ……あッ……ああッ」

ふみえの爪が背中に立てられる。その微かな痛みが快感を増幅させていた。

「チ×ポが蕩けちゃいそうです、も、もうっ」

「わ、わたしもいいのっ……ああッ、わたしも蕩けちゃいそう」

二人の喘ぎ声が高まり、抱擁が強くなる。息を合わせて腰を振りたくり、ヌチャヌチャという卑猥な抽送《ちゆうそう》音が納屋のなかに響き渡った。

「ふみえさんっ、もう出ちゃいそうですっ」

健太は男根を高速で抜き差ししながら、感極まって泣きそうな声で訴えた。田舎妻のグラマーな身体は最高の抱き心地だった。

「ああッ、いいわ、健太くん、わたしのなかで、ああッ、いっぱい出してぇっ」

ふみえも激しく乱れて、健太の背中を掻きむしる。下肢まで腰に絡みつかせて、ペニスをより深く呑みこもうとしていた。

「ううっ、締まるっ、出ちゃう、うああっ、気持ちいいっ！」

人妻の媚肉に包みこまれて、ついに欲望を解き放つ。男根が激しく脈打ち、大量のザーメンが二度三度と放出された。

「あああッ、健太くんっ、い、いいっ、たまんない、おかしくなりそう、あッ、あッ、イッちゃうっ、あああッ、イクっ、イックううううッ！」

ふみえも淫らがましい嬌声《きようせい》を響かせる。女体をビクビクと痙攣させて、狂乱のアクメに昇りつめていく。熱い精液を注がれたことで女壺は激しい反応を示し、男根をこれでもかと締めつけていた。

気を失いそうな快感だった。ふみえは恍惚《こうこつ》とした表情で涎を垂らし、健太も涙目になって全身をいつまでも震わせていた。

激しい息遣いだけが、納屋のなかに響いている。

恍惚の頂点から降りてくるには、昇るとき以上の時間が必要だった。

二人は毛布の上に横たわったまま、しばらくアクメの余韻に浸っていた。干し草の匂いが、徐々に興奮をやわらげてくれる。気持ちが落ち着いてくると、納屋に充満している心安らぐような香りに気づかされた。

「すごく男らしかったわ」

先に口を開いたのはふみえだった。

見つめてくる瞳にはやさしさが満ち溢れている。本当は健太の経験不足を見抜いていたのだろう。だが、あえて彼女は口にしないのだ。もしかしたら、最初からわかっていて女の扱いを教えてくれたのかもしれない。

健太はどう言葉を返していいのかわからず、つい視線をそらしてしまう。するとふみえは「フフッ」と小さく笑って寄り添ってきた。

「ほんとにありがとう。久しぶりにエッチしたら、なんだかすっきりしたわ」

彼女らしいストレートな言葉だった。どうやら絶頂に導くことができたのは間違いないらしい。多少なりとも欲求不満を解消できたようだ。

「僕の方こそ、ありがとうございました。でも、そろそろ会社に戻らないといけないので失礼しようと思います」

健太は素直に感謝の言葉を述べた。ふみえのやさしさに触れることができて、救われたような気持ちだった。

スーツを着て納屋の外に出ると、ひんやりとした心地よい風が吹き抜けた。放牧地では、相変わらず牛たちがのんびりと草を食んでいる。健太は北海道に来たことを今さらながらに実感していた。

「ふみえさん。それでは、失礼いたします」

丁寧に頭をさげると、ふみえは「なにあらたまってるの」と元気に笑った。そして、思いだしたように付け足した。

「夕方の搾乳は四時からだから、その前に持ってきてね」

「はい？」

「小型車のパンフレットよ。スーパーに行くときの、わたし専用の車がほしかったの。健太くんから買うことに決めたわ。だから頼むわね」

ふみえがにっこり微笑みかけてくる。実感が湧きあがってくるまで、しばらく時間がかかった。

「あっ……ありがとうございます！」

健太は嬉しさのあまり声を震わせていた。

ヒロセ自動車河幌営業所に赴任して一ヵ月以上経ち、ようやく売りあげを立てることができるのだ。

涙ぐみながら深々と頭をさげる。すると、ふみえが「おおげさね」と言って笑い飛ばしてくれる。その屈託のない笑い声が、心地よく胸に響き渡った。

第三章　さびしい若妻

1

健太は朝から契約書の作成に勤《いそ》しんでいた。

昨日はふみえとめくるめく体験をしてから、会社に戻って小型車のパンフレットを届け、購入する車種を決めてもらった。そして今日、あらためて契約書を持参することになっている。

パソコンのモニターを覗きこみ、チーフが作った契約書を参考にしながら、必要事項を慎重に打ちこんでいく。難しい顔をしているが、内心は初めての契約で浮かれていた。

(これでやっと僕も社会人になれたような気がするなぁ)

小型車とはいえ、ようやく売りあげを計上することができるのだ。舞いあがるなと言う方が無理な話だった。

昨日、貴子に報告すると、「よくやったわね」と初めて褒めてもらえた。その言葉を聞けただけでも、がんばってきた甲斐があるというものだ。

貴子は自分のデスクで仕事をしている。もう健太のちっぽけな契約のことなど忘れているのか、こちらをちらりとも見なかった。

ふと騎乗位で乱れる貴子の姿が脳裏に浮かび、慌てて思考を掻き消した。

もうなにも望んではいけない。貴子はあくまでも上司で、しかもれっきとした人妻だ。あの日のことにはいっさい触れないのが大人のマナーだろう。

「ふうん、あのウチケンがねえ……」

そのとき、背後から冷やかすような声が聞こえてきた。

振り返って確認するまでもない。健太のことを「ウチケン」などと略して呼ぶのは亜希しかいなかった。

「いつ逃げだすかと思ってたけど、とりあえず一台売ったんだ」

相変わらず生意気な物言いだ。いくら先輩とはいえ、ふたつも年下の少女に言われるとカチンと来る。

「……ったく、逃げだすわけないだろう」

健太は言い返したいのを我慢して、口のなかでひとり言をつぶやいた。

「ん？　あんた、今なんか言ったでしょ」

亜希の声が険しくなる。こうなってくると引きさがらない性格だ。勝ち気そうな外見通り、執拗に突っかかってくるのがいつものパターンだった。

仕方なく振り返ると、やはり亜希は目を吊りあげて腰に手を当てていた。

黒系のシックなスカートスーツと、茶色のポニーテイルがアンバランスだ。この髪の色は社会人としてアウトではないかと思うのだが、チーフが注意しているところを見たことはなかった。

「ちょっと、あたしのこと年下だと思ってナメてるんじゃないの？」

その「ナメてる」という言葉も、職場では相応《ふさわ》しくない。だが、そんな世間一般の常識など通用しないのが亜希だった。

（こんなだけど、なぜか営業成績はいいんだよな……）

健太は仁王立ちする亜希を見あげながら、微かに首をひねっていた。

内勤の亜希はもちろん事務仕事がメインだが、来店した客に車を販売することもある。彼女のショールームでの営業成績は侮《あなど》れないものがあった。

だからこそ、チーフもうるさく言わないのかもしれない。実際、亜希はずいぶんと信頼されているようだった。

「日頃のウチケンの態度を見てればわかるんだから。どうせ生意気な女だとか思ってるんでしょ！」

「と、とんでもないです。僕は亜希さんのことを尊敬してますから」

心にもないことを言ったせいか、頬のあたりがヒクついてしまう。それを亜希が見逃すはずもなかった。

「なんか文句ありそうね。先輩のあたしに言いたいことがあるわけ？」

目つきがさらに鋭さを増す。小さな顎をツンと跳ねあげるお得意のポーズで、威嚇《いかく》するように顔を近づけてきた。

「一台売ったくらいで調子に乗ってるんじゃないわよ」

額がぶつかりそうなほどの近距離で啖呵《たんか》を切られる。職場だというのに、まるで不良少女に絡まれているような心境だ。

「べ、別に調子に乗ってるわけじゃ……」

声が震えていたのは怖かったからではない。亜希の顔が急接近して、思いがけずドキドキしてしまったのだ。

アイシャドウで気が強そうに見せているが、瞳そのものは黒目がちで愛らしい。小顔で目鼻立ちが整っているし、肌も白くて綺麗だった。生意気な性格だが、案外すっぴんはアイドル並みに可愛いのではないか。

健太はほんの一瞬の間にそんなことを考えていた。すると、亜希が怪訝《けげん》そうに眉を顰《ひそ》めるのがわかった。

「ちょっと、なに急に黙りこんでるのよ。なんとか言いなさいよ」

「え？　ああ、バンバン売るから驚くなよ……いや、驚かないでくださいよ」

「あんたね……ほんとに言葉遣いがなってないんじゃないの？」

亜希が溜め息混じりにつぶやいた。

その瞳の奥には怒りの炎が見え隠れしている。これ以上刺激すると本当に危険だった。健太は慌てて謝罪の言葉を繰り返す。亜希を本気で怒らせてしまうと、しばらく仕事にならないことがわかっていた。

「だいたい仕事への取り組みがなってない！　それが先輩への言葉遣いにも出てるのよ。そもそも昨日売ったくせに、なんで今頃契約書を作ってるわけ？　昨日の仕事は昨日のうちに済ませるのが常識でしょっ」

結局、延々と説教されて、解放されたのは三十分以上経ってからだった。

チーフは呆れたように眺めていた。亜希の言うことがことごとく正論だったせいか、助け船は出してもらえなかった。

予定が大幅にずれこみ、契約書が完成したときには昼になっていた。

(どっかで昼飯を食ってから、午後は外回りだな)

鞄のなかに営業用のパンフレットを詰めこみながら、頭のなかで午後の予定を思い描く。するとチーフが立ちあがり、さりげなく歩み寄ってきた。

「内田くん、お昼行きましょうか」

それは予想外の言葉だった。健太は返答に窮《きゅう》しながらも、期待をこめた目で貴子を見つめ返した。

2

営業車で貴子に連れていかれたのは、近所のラーメン屋〝紀龍《きりゅう》〟だった。

国道に面した場所にあり、店の前を毎日通っていたので気にはなっていた。くすんだ黄色のテントに、大きく屋号が書かれた年季の入った店だった。

内勤の亜希は、いつ来客があるかわからないので営業所を出られない。だから、いつも弁当を持参していた。

貴子はこの店の常連らしい。店主らしきおやじさんと割烹着《かっぽうぎ》のおばちゃんに軽く手をあげて挨拶すると、慣れた様子でテーブル席に向かった。

(本当にただの昼飯か……って、当たり前だろ)

健太はなにかを期待していた自分の馬鹿さ加減に呆れながら、チーフの正面の席に腰をおろした。

初体験の相手が忘れられないのは、男なら当然のことだろう。だが、あれは一夜限りの関係だと割り切っていた。それでも、心のどこかで期待して、昼食に誘われただけなのに胸を高鳴らせていたのだ。

「北海道に来てからラーメンは食べた？」

いつもの調子で声をかけられる。それが逆に不自然に感じられた。だが、少なくとも貴子は、上司として普通に振る舞おうとしているようだ。

「まだ食べてないです。どれにしようかな」

健太は貴子を困らせたくなくて、明るい声を心がけた。

壁に貼られたメニューに視線を走らせる。やっぱり北海道は味噌だろうか。などと考えていたときだった。

「それなら味噌ラーメンにしなさい。お母さん、味噌ふたつ」

貴子は勝手に決めると、お冷やを持ってきたおばちゃんに注文した。その強引さに驚かされるが、おばちゃんを「お母さん」と呼んだことも気になった。

「北海道に来たなら味噌を食べないとね。ちなみにこのお店、わたしの実家なの」

健太の疑問に答えるように、貴子がさらりと説明する。

「そうですか……って、ここがご実家なんですか？」

あまりにもあっさり言うので、思わず聞き流しそうになった。

カウンターを見やると、白い湯気の向こうでいかにも頑固そうなおやじさんと、白い割烹着に三角巾のおばちゃんが立っていた。

「注文を取りにきたのが母で、奥でラーメンを作ってるのが父」

クールビューティーで仕事ができて格好いいチーフの実家が、庶民的なラーメン屋を営んでいるとは思いもしなかった。

貴子の父親は若い頃に札幌の有名ラーメン店で修業を積み、故郷の帯広に戻って店を開いた。屋号の紀龍は母親の名前、紀子《のりこ》から一字取ってつけたという。

そんな話を聞いている間にラーメンができあがった。

目の前に置かれたどんぶりから、食欲をそそる味噌の芳しい香りが漂ってくる。もやしとチャーシューが乗った味噌ラーメンは、店主の自信が伝わってくるようなシンプルな物だった。

「では……いただきます」

なぜか健太が緊張しながら、油が薄く張ったスープをひとくち飲んでみる。

途端に濃厚な味が口内にひろがっていく。思わず唸るほどの美味さだ。芳醇な味噌の風味は、これまで食べたどのラーメンよりもインパクトが強かった。これなら東京に出店しても通用するのではないか。そう思ってはっとした。

(僕は、まだ東京にこだわってるのか……)

都会生活に馴染めなかったくせに、いまだに東京に憧れている。未練を断ち切れていない自分に気づき、胸の奥が重くなった。

「こ、これ、メチャクチャ美味いですよ！」

健太はもやもやした気分を吹き飛ばすように、太めの麺を豪快に啜《すす》りあげた。

「そんなに慌てて食べると火傷《やけど》するわよ」

貴子は微笑を浮かべて言うと、黒髪が垂れ落ちないように片手で押さえながら麺を口に運ぶ。そんなちょっとした仕草に、洗練された女の匂いが感じられた。

(やっぱりチーフは美人だよな。あの不良娘とは大違いだ)

ふと頭に浮かんだのは、先ほど説教を食らった亜希の顔だった。

黙っていれば可愛いはずなのに、目を吊りあげてばかりいるので怒った顔しか印象にない。なにかにつけてちょっかいをかけられるせいか、彼女のことを思いだす機会が多くなっていた。

「なんで亜希さんはあんなにキツいんですかね」

絶品の味噌ラーメンに舌鼓《したつづみ》を打ちつつ、さりげなく切りだした。

亜希の仕事ぶりは、確かに健太よりはるかに上だ。しかし、チーフの信頼を勝ち取るほど認められているのが納得いかなかった。

「亜希ちゃんのことが気になるの？」

貴子の唇に微笑が浮かぶ。なにか勘違いされているような気がして、健太は慌てて否定にかかった。

「ち、違いますよ。そうじゃなくて、なんかマズいんじゃないかなと思って」

「マズいって、どういうところが?」

貴子はスープを飲みながら、首をかしげて聞き返してくる。

この際だから思いきって聞いてみようと思う。少なくとも健太には、亜希が社会に適合しているようには見えない。ずっと気になっていたのだが、貴子が認めているようなのでこれまで指摘できなかった。

「例えばですけど、髪の色とか……」

「我が社の上層部的にはダメでしょうね」

「……え?」

貴子があまりにもあっさり言うので、返事がワンテンポ遅れてしまった。

亜希を庇《かば》うことはあっても、まさかダメ出しするとは予想外だ。ますますチーフの考えていることがわからなくなってきた。

「ポニーテイルはいいとしても、少し茶色すぎるかもしれないわね」

やはり髪の色は気になっていたらしい。それでも注意しないというのは、いったいどうしてなのだろう。

「じゃあ、どうして……」

「あの子はあれでいいの。でも、内田くんはダメよ。もう真面目なイメージがついてるから。それに染めたいなんて思ってないでしょう？」

確かに髪を染めようと思ったことはないが、そういう問題ではない。亜希の社会適合性の話をしているのだ。

（ん？　待てよ……）

健太は真面目なイメージがついてるからダメだという。それなら亜希はどうして許されるのだろうか。

「亜希ちゃんが地元の人なのは知ってるわよね」

貴子は箸を置くと、いつにも増して真剣な瞳で見つめてきた。

最初から亜希のことを話すつもりで、昼食に誘ったのかもしれない。それを悟った健太は、居住まいを正して貴子の言葉に耳を傾けた。

「このあたりは田舎だから、顔見知りが多いでしょう。だから噂はすぐにひろまってしまうの。とくに悪い噂はね」

「なんとなく、わかります」

「亜希ちゃんはけっこう有名な不良だったわ。幼い頃に両親が離婚して、母子家庭で育ったのが原因ね」

母親はパートで忙しく、亜希はあまり面倒を見てもらえなかったらしい。その淋しさから悪い仲間と付き合うようになり、不良と呼ばれるようになった。

それでも高校は中退せず、ヒロセ自動車の就職面接を受けにきた。一般職の面接は地元で行なわれる。そのときの面接官が貴子だった。

亜希は真っ赤に染めた髪で会場に現れた。面接にもかかわらず貴子が叱り飛ばし、親身に諭《さと》すと、ツッパっていた亜希は涙ぐんで礼を言ったという。誰かに本気で叱られたことがなかったのだ。貴子は亜希のピュアな部分を見抜いて採用したらしい。

「最初は教育が大変だったけれど、今では立派な戦力になってるわ」

「そんなことがあったんですか……」

健太は言葉少なに答えた。

いつも元気で生意気な亜希にも、つらい過去があったのだろう。そう思うと、これ以上彼女のことを責める気にはなれなかった。

「うちの営業所のお客さんは地元の人ばかりでしょう。だから亜希ちゃんが不良だったことも知ってるの。更生した亜希ちゃんは、みんなに愛されてるのよ」

そう話す貴子の瞳は、少し潤んでいるような気がした。

「だからって、髪の毛が茶色くてもいいわけじゃないけどね」

やさしい微笑がとても魅力的に感じられる。

本社に注意されるとわかっていながら、亜希の個性として茶色の髪を許しているのだろう。仕事人間に見えるが、意外に頭の柔らかいところもある。クールなだけではなく、面倒見のいい最高の上司だった。

健太は亜希の境遇を知り、少し接し方が冷たかったと心のなかで反省した。

（これから、どんな顔して会えばいいんだよ……）

胸底でつぶやきながらラーメンどんぶりを持つと、絶品の味噌スープをごくごくと飲み干していった。

3

チーフと別れた健太は、営業車で外回りに出かけた。

ふみえには夕方の搾乳が終わってから契約書を持ってきてほしいと言われているので、夜の七時過ぎに行く予定だ。その時間だと夫もいるらしいので、もう間違いは起こらないだろう。

今日はあらかじめ目星をつけておいた新築アパートに行ってみるつもりだ。

街の外れに建っており、健太が引っ越してきたのと同じくらいの時期に入居がはじまった。間取りは２ＬＤＫらしいので家族連れが予想できる。そろそろ生活に慣れた頃で、新車の購入を検討してもらえるのではと踏んでいた。

(亜希に負けてたまるか。僕だって……)

普段は決してできないが、心のなかで呼び捨てにする。

内勤の亜希が新車を何台も売っているのだ。営業担当の健太が負けるわけにはいかない。その何倍も売らなければ勝ったことにはならないだろう。

目的の〝新河幌ハイム〟は二階建てで全八室のアパートだ。

まずは名刺とパンフレットを、顔を見て直接手渡しできるかが重要になる。渡すことができなかった場合は集合ポストに入れておき、後日あらためて訪問するのだ。しつこいと思われても粘ることが肝心だった。

さっそく一階の端からインターフォンを鳴らしていく。

しかし、一〇一号室から一〇四号室まで、人の気配はするが応答がない。インターフォンのカメラでセールスマンと判断されて、居留守を使われたようだ。

よくあることなので、これくらいでは落ちこまない。この数週間の外回りで、健太も仕事に慣れつつあった。

つづいて外階段で二階にあがる。しかし、二〇一号室から二〇三号室まで、物音ひとつしなかった。二階はまだ入居していないのだろうか。

(なんか、空振りっぽいな……)

気合いが入っていただけに、少しがっかりした気分になった。

残るは二〇四号室だけだ。期待せずにインターフォンのボタンを押してみる。すると意外なことに、すぐさま返答があった。

『はい……』

「あ……えっと、ヒロセ自動車河幌営業所の内田と申します」

誰もいないと決めつけていたので焦ってしまう。インターフォンを鳴らしておきながら心の準備ができていないとは、営業マンとしてまだまだ未熟だった。

『ああ……セールスの人？』

テンションの低い女性の声だ。とにかく名刺とパンフレットだけでも渡したい。その思いで矢継ぎ早にセールストークを繰りだした。

「新車のご紹介をしています。ただ今セール期間中でして、売れ筋のファミリータイプがお買い得になっているんです。コンパクトタイプもご用意しております。最新のパンフレットをお渡ししたいのですが」

ちょっと必死過ぎたかもしれない。インターフォンの向こうで女性が無言になってしまった。失敗したかなと思ったとき、意外な言葉が返ってきた。

『今、ドアを開けますね』

どうやらパンフレットを受け取ってもらえるようだ。

次の訪問先では、もう少し落ち着いて話そう。などと反省していると、錠を解く音が聞こえてドアが開けられた。

顔を覗かせたのは二十代半ばの女性だった。

小首をかしげる仕草と潤んだ瞳が儚《はかな》げで、どこか捨てられた子猫を連想させる。午後の日射しを受けて明るく輝く髪が、肩にふんわりとかかっていた。

美人というより可愛らしいタイプの、守ってあげたくなるような女性だ。ドアノブを掴む左手の薬指にリングが見える。ブルーの半袖ワンピースに包まれた身体は、スレンダーだが人妻らしい色気も滲み出ていた。

健太は思わず見惚れそうになり、慌てて気持ちを引き締めにかかった。ドアを閉められる前に、名刺とパンフレットを手渡せればとりあえずは成功だ。

「こちらがパンフレットになります。ぜひ、ご検討――」

「どうぞおあがりください」

健太の営業トークに、彼女の声が重なった。予想外の言葉に、思わず「え？」と間抜けな顔で聞き返してしまう。

「ゆっくりお話を聞かせてもらえるかしら」

彼女はなぜか縋《すが》るような瞳で言うと、ぽかんとしている健太を招き入れようとドアを開いた。

「で、では、お邪魔いたします……」

ためらいながらも玄関に足を踏み入れる。

営業をしていて家にあげてもらうのは初めての経験だ。これは購入する気があると考えてもいいのだろうか。もちろん車を売る気で訪問しているわけだが、いざこういう場面に出くわすと緊張してしまう。

十畳ほどのリビングには薄いグリーンの絨毯《じゅうたん》が敷かれていた。

座布団を勧められて腰をおろす。すると、彼女はキッチンでやかんを火にかけてお茶の準備をはじめた。

「コーヒーでいいかしら？」

「あ、奥さん、どうぞお構いなく」

自分の口から出た「奥さん」という言葉にドキリとする。他に家族の姿は見当たらない。つまり人妻と二人きりということだ。

(なにを考えてるんだ……仕事、仕事)

健太は小さく頭を振ると、卓袱台《ちゃぶだい》の上に名刺とパンフレットを置いた。

部屋のなかに子供の物は見当たらない。若い夫婦で二人暮らしなのだろう。それなら、ファミリーカーよりもコンパクトカーを勧めた方がいいかもしれない。

頭のなかで営業のシミュレーションを繰り返していると、トレーを手にした彼女が戻ってきた。

卓袱台にコーヒーカップとクッキーの乗った皿を置き、健太の向かい側に腰をおろす。コーヒーの芳しい香りが部屋に充満した。

「どうもありがとうございます」

恐縮して頭をさげるが、緊張感は高まる一方だった。

まずは挨拶と思って名刺を渡すと、彼女は珍しい物でも受け取ったようにまじまじと見つめる。そしておもむろに顔をあげて、にっこりと微笑みかけてきた。

「わたしは西岡由真《にしおかゆま》、よろしくね」

まるで友だちに知り合いを紹介されたかのような話し方だ。

玄関で言葉を交わしたときとは一転して、どこか浮かれたような雰囲気が漂っている。なにか違和感を覚えながらも、健太はあらためて頭をさげた。

「こちらこそ、よろしくお願いします。こちらをどうぞ」

さっそくパンフレットを渡すが、由真はあまり興味がなさそうだ。もしかしたら表紙に使われているファミリーカーの写真が気に入らないのかもしれない。やはりここは値段も手頃なコンパクトカーを押すべきだろう。

鞄を開いて別のパンフレットを探していると、由真のほうから話しかけてきた。

「内田さんていくつなんですか？」

「はい？」

「お若く見えるけど、何歳かなと思って」

経験上これはあまりいい展開ではない。新人は頼りなく感じるのか、相手にされなくなるケースが多いのだ。今回もそのパターンのような気がした。

正直に年齢を答えると売れなくなる可能性が高い。だからといって嘘をつくのは気が引ける。パンフレットを探す振りをしながら迷っていると、またしても由真のほうからしゃべりだした。

「わたしは二十五なの。もしかして同じくらいかしら？」

「僕は……二十二歳です」

女性の年齢を聞いてしまったら、本当のことを言うしかなかった。

これで話は終わりだなと思いながら、パンフレットを手に顔をあげる。するとなぜか由真の瞳はきらきらと輝いていた。

「近いじゃない。男の人ってスーツ着てると年上に見えるのよね」

「えっ……と、あの、西岡さん？」

「由真でいいわ」

「そ、そうですか……えっと、由真さん、どういった車種をお考えでしたか？」

「車種とかはまだ決まってないの。その前に少しお話しない？」

どうも会話が噛《か》み合わない。由真は少しぼんやりしているところがあるようだ。

「当社ではお客様のニーズに合わせて様々なタイプをご用意しております」

「ふうん、車ってたくさん種類があるのね」

懸命に営業しようとするが、彼女のペースから抜け出せない。話せば話すほど手応えがなくなっていく。どうやら由真は適当に相槌を打っているだけで、車には興味がないようだった。

買う気がないのだとしたら、なぜ家にあげたのだろう。彼女の考えていることがわからず、健太は内心困惑していた。

「北海道に住むなら、やっぱり車があったほうがいいかしら？」

「そうですね。僕も引っ越してきたばかりですが、このあたりは広範囲にお店が点在しているので車がないと不便だと思います」

「あら、以前はどこに住んでたの？」

「東京です。先月、ゴールデンウィーク明けに越してきたんです」

そんな営業とは直接関係のない雑談に、由真の目つきが変わった。急に身を乗りだして、卓袱台越しに顔を近づけてきた。

「わたしも先月引っ越してきたの。横浜から」

「えっ、そうだったんですか。近くじゃないですか」

健太も一気にテンションがあがる。横浜には数回しか行ったことはないが、それでも関東の話が出るのは嬉しかった。

「旦那の転勤でこっちに来たんだけど、知り合いがいないから淋しくて」

由真はまるで懐かしい友人に再会したように話しはじめた。

夫は銀行員で転勤が多いという。先月、急な辞令で横浜から帯広にやってきた。しかし、こんな田舎は初めてで、早くも嫌気が差しているらしい。

「わかります。僕もいきなり飛ばされちゃって、参ってるんです」

「そっか、内田さんもなんだ。わたしたち、似た者同士だね」

由真は長い睫毛を伏せて、淋しげに微笑んだ。

（つまり、話し相手がほしかっただけか……）

最初から車を購入する意思はなかったのだろう。それがわかっても、嫌な気持ちにはならなかった。

お互いに望んだわけでもないのに、北の果てまで来てしまった。似たような境遇を確認し合い、妙な親近感が芽生えていた。

その後、二人で打ち解けてあれこれ話した。初対面でこれほど盛りあがるのも珍しい。そして少し会話が途切れたときだった。

「旦那が構ってくれなくて淋しいの」

由真がぽつりとつぶやき、じっと見つめてくる。その濡れた瞳が意味ありげに感じられて、健太はおどおどと視線をそらした。

「転勤してきたばかりだから、仕事が忙しいんですって」

由真は唇を尖らせると、ふいに立ちあがって卓袱台をまわりこんでくる。

「ねえ、内田さん。だからって妻を放っておくなんて、ひどいと思わない？」

「え……ゆ、由真さん？」

いきなり手を握られて、健太は声を震わせた。

隣で中腰になっているため、ワンピースの胸もとが顔のすぐ近くに迫っている。思わず視線を泳がせると、手を引かれて立たされた。

4

「あの、由真さん、これって……」

「シッ……黙って言うとおりにして。お願いだから」

決して大きな声ではない。由真の声には懇願するような響きが含まれていた。

立ちつくす健太の目の前にはダブルベッドがある。手を引かれて夫婦の寝室に連れこまれたのだ。そして今、スーツの上着を脱がされていた。

由真は皺にならないようスーツをハンガーにかけて壁のフックに吊すと、恥ずかしそうに振り返った。

「少しだけでいいの……」

口調は遠慮がちだが、どこか切迫した雰囲気がある。動揺している健太をダブルベッドに座らせると、無言で仰向けになるようにうながしてきた。

(こんなことが、本当に……)

どういうわけか人妻に誘われている。しかも、儚げな横顔になんともいえない色気を漂わせた若妻だ。

「内田さん……お願い」

守ってあげたいと思わせるタイプの由真が、切なげな表情で迫ってくる。この状況で拒絶できる男は、日本中どこを探してもいないだろう。

しかし、あまりにも現実離れしている。受け入れてしまうと、後々面倒なことになるのではないか。理性の力を総動員して身を起こそうとしたとき、由真がワンピースの裾をひるがえして顔にまたがってきた。

「ちょ、ちょっと!」

仰向けになった健太に、由真が逆向きに重なるシックスナインの体勢だ。

大人しそうな若妻の大胆な行動に驚かされる。しかし、ブルーのワンピースのなかがチラリと見えたとき、健太はさらなる衝撃に目を大きく見開いた。

「ええっ！」

いきなり生々しいピンク色の女陰が視界に飛びこんできたのだ。

由真はワンピースの下に、なにも着けていなかった。自宅なのでストッキングはわかるが、なぜかパンティも穿いていない。今まで何食わぬ顔をして、ノーパンで健太と話をしていたということになる。

（なんなんだこれは？　この人、いったい……）

若妻の貞淑《ていしゅく》な仮面の下に隠されていた淫蕩《いんとう》さを垣間《かいま》見たようで、異様な興奮がこみあげてきた。

「見られてるのね……恥ずかしいな」

由真は掠れた声でつぶやきながらも、ワンピースの裾をたくしあげていく。白い太腿が露わになり、やがてキュッと上向きのヒップも剝きだしになった。

「ゆ、由真さん……見えちゃってます……全部……」

もう彼女を拒絶しようなどという気持ちは吹き飛んでいた。

健太の視線は白い内腿の奥に注がれている。むちむちした柔らかそうな腿肉の中心部に、儚げな相貌《そうぼう》からは想像のつかない淫らな花が咲き乱れていた。

「なんていやらしいんだ……これが由真さんの、オマ……」

思わず卑猥な四文字をつぶやきそうになってしまうほどの光景だった。

しかも、そこはねっとりと濡れ光っているではないか。健太は下半身に血液が流れこんでいくのを自覚しながら、若妻の淫裂を凝視していた。

「いや、言わないで……」

由真が恥じらいの言葉とともにヒップを揺らす。そして、照れ隠しなのかスラックスの股間に手のひらを重ねてきた。

「うっ……」

思わず小さな呻きを漏らしてしまう。軽く触れられただけでも、ジーンと痺れるような快感がひろがった。

「硬くなってるわ。内田さんのここ……」

由真が掠れた声で囁いてくる。そして、さも愛《いと》おしそうに、欲望の膨らみをやさしく擦ってくるのだ。

「わたしのアソコを見て、興奮してくれたのね」

彼女の言葉には、女の悦《よろこ》びが滲んでいるような気がする。男根が硬くなっていることが嬉しくてならないようだ。

（そういえば……）

健太は快楽に腰を震わせながらも、由真の淋しそうな顔を思いだす。

——旦那が構ってくれなくて淋しい。

先ほど、確かそんなことを言っていた。

仕事で疲れている夫は、彼女に見向きもせずに寝てしまうのかもしれない。鼾《いびき》をかいて眠る夫の隣で、由真は長く淋しい夜を過ごすことになる。

だから女として見てもらえることを、男根を硬くしてもらえることを、心の底から嬉しく感じるのだろう。

「舐めっこ、しようか?」

「で、でも……」

口では戸惑ってみせるが、股間のほうは硬度を増していく一方だった。

由真がベルトを外して、スラックスのファスナーをおろしはじめる。男根は期待で硬く漲り、下着のなかに大量の先走り液を振りまいていた。

スラックスとボクサーブリーフをずりおろされると、いきり勃《た》った肉柱が勢いよく飛びだし、由真の鼻面をペシッと叩いた。

「きゃっ!」

小さな声をあげた直後、深呼吸するような気配が伝わってくる。蒸れた股間の匂いを深く吸いこんでいるのだ。

「はぁ、すごいわ……こんなに大きくしてくれたのね」

由真はうっとりした様子でつぶやいた。

夫に構ってもらえず、欲求不満を溜めこんでいるのは間違いない。彼女が求めているのは浮気相手ではなく、硬くなったペニスそのものだった。

「内田さんもして……」

由真は肉茎の根元に指を巻きつけると、躊躇することなく膨張した亀頭に唇を被せてくる。一気に太幹を呑みこみ、舌をヌルヌルと絡みつかせてきた。

「くぉっ……ゆ、由真さんっ」

陰嚢がきゅっとあがり、低い呻きが溢れだす。たまらず由真の瑞々《みずみず》しいヒップを抱えこみ、染みひとつない餅肌に十本の指を食いこませた。

結果として、若妻の股間がすぐ目の前に迫ってくる。女性器をこれほど間近で見るのは初めてのことだった。健太は双眸《そうぼう》を見開き、無我夢中でピンク色の陰唇にむしゃぶりついていた。

「はンンっ……」

男根を咥えたままの由真が、恥ずかしそうに身悶えする。健太はますます興奮して舌を伸ばし、柔らかい肉襞を舐めまわした。

初めて経験するクンニリングスとともに、いよいよシックスナインに突入したのだ。女性器に舌を這わせていると思うと、異様なまでの高揚感に襲われる。舌先に感じるヌメりと微かな磯の香りが、瞬く間に理性を狂わせていった。

「これが女の人の……由真さんのオマ×コなんだ」

うなるようにつぶやき、口をぴったりと人妻の陰唇に押しつける。とめどなく溢れる蜜を啜り、本能のままにジュルジュルと音を立てて吸引した。

「あっ、内田さん……あンっ、激しいわ」

由真はいったんペニスを吐きだして喘ぐと、再びずっぽりと根元まで咥えこむ。そして、さも愛おしそうに舌を這わせてくるのだ。

「ううっ……ゆ、由真さんっ」

カリのあたりを舐められると、腰骨がムズムズするような快感がひろがる。健太はお返しするように、淫裂の端にある肉の突起を舌先でくすぐった。

「はうンっ……そこは……」

ペニスを頬張った由真が、喉奥で艶めかしい呻き声を響かせる。どうやら、ここがクリトリスらしい。健太は舌先で愛蜜を掬《すく》いあげては、快感が集中している肉芽に塗りたくった。

「ンっ……ンっ……」

由真はたまらなそうに腰を捩り、健太にすっかり体重を預けていた。

(感じてくれてるんだ。由真さんが僕の舌で……)

人妻の重みが心地いい。彼女を全身で感じているような気がして、ますますヒップを強く抱き寄せた。

「由真さんのここ、すごく美味しいです」

「や、恥ずかしい……内田さんのこれも……はンンっ」

健太が愛蜜を啜り飲めば、由真もカウパー汁をチュウッと吸いあげる。獣のようなシックスナインだ。興奮が興奮を呼び、相乗効果で愛撫が加速する。健太も由真も息を荒げて、いやらしい汁を滾々と垂れ流していた。

初対面のときは儚げな印象を受けた由真だが、秘めたる欲望を曝《さら》けだした今は飢えた一匹の牝だった。フェラチオはさらに情熱的になり、唾液をたっぷりまぶして唇を滑らせてくる。ペニスは今にも爆《は》ぜそうなほど膨らんでいた。

「ううっ、気持ちいい……由真さんも、いっしょに」

こみあげてくる射精感をこらえながら、膣口にそっと舌先を沈みこませる。途端に溜まっていた愛蜜が溢れだし、舌を伝って口内に流れこんできた。

「すごい……グチョグチョになってますよ。ほら……」

健太はわざと舌を激しく蠢かし、蜜の弾《はじ》ける音を響かせる。人妻を責めたてて喘がせることに興奮を覚えていた。

「聞こえる……あぁっ」

快感を欲している由真は、なにをされても喘ぎ声を昂ぶらせる。そうして、再び男根を咥えこみ、いよいよ激しく首を振りたくってきた。

「そ、それ、すごいです……くううっ」

陰嚢のなかの精液が、外に飛びだそうと暴れだす。健太も負けじと蜜壺に舌を差し入れて、遠慮なくヌプヌプと抽送させた。

「ひンっ……ンっ……ンンっ」

由真は感じていることを誤魔化すように、首を振るスピードを加速させる。二人の股間は体液と唾液にまみれて、粗相《そそう》をしたように濡れそぼっていた。

新しい土地に馴染めない二人が、まるで傷を舐め合うように互いの性器にむしゃぶりついている。共感できる相手に出会えた悦びで、快感は一気に膨れあがっていた。

「由真さんっ、もうダメですっ……で、出ちゃうっ」

「ンっ……ンっ……わ、わたしも……もう……内田さんっ」

喘ぎながら名前を呼び合い、再び相手の股間に顔を埋めていく。健太は蕩けた膣に舌を挿入して、由真は勃起した肉柱に唇を滑らせる。一心不乱に首を振りたくり、それぞれ全力で快感を送りこんだ。

「ううっ、すごいっ、由真さんっ……くうううううッ！」

男根を強く吸引された瞬間、凄まじいまでの快感が突き抜けた。頭のなかが真っ白になり、反射的に腰が大きく跳ねあがる。白濁液が尿道を駆け抜けて、人妻の口内に欲望をぶちまけていた。

「あむううッ、ダ、ダメっ、あぐうぅぅぅぅぅぅぅぅッ！」

男根を咥えたままの由真が、苦痛と快感の入り混じった呻き声を響かせる。尻肉に艶めかしい痙攣を走らせて、注ぎこまれる精液をコクコクと喉を鳴らしながら嚥下していった。

射精が終わっても、由真はしつこくペニスをしゃぶりつづけた。最後の一滴まで搾りだすように、唇でねっとりと扱きあげるのだ。飢えた人妻の欲望は、想像以上に深いのかもしれない。

「ハァ……ハァ……。すごく、よかったわ……」

由真はようやくペニスを吐きだすと、健太の隣にごろりと横たわった。シックスナインで精液を飲みながら達したらしく、汗ばんだ横顔には満足そうな微笑が浮かんでいた。

「僕も……気持ちよかったです……」

健太が照れながらつぶやくと、由真は嬉しそうに「ウフフッ」と身を捩った。

5

「あれ？　これって、もしかして……」

健太の手には、ピンク色の妖しげな物体が握られていた。

互いにシックスナインで果てた後、そろそろ仕事に戻らなければと思って起きあがろうとしたとき、枕の下からピンク色のコードが伸びているのを発見したのだ。興味本位で引っぱりだしてみると、うずらの卵のような物体とスイッチのついた小さな箱が現れた。

大人のオモチャ、いわゆるピンクローターと呼ばれている代物だ。アダルトビデオのなかで見たことはあるが、実物を手にするのは初めてだった。

（まさか、由真さんがこんな物を……？）

たった今、乱れた姿を目の当《ま》たりにしたとはいえ、普通の人妻である由真がローターを所持していることが信じられない。これは夫婦で使っているのだろうか。それとも、由真がひとりで……。

「あっ、いや、それはダメっ！」

そのとき、寝転がっていた由真がはっとした様子で手を伸ばしてきた。

体が勝手に反応して、健太はその手をよけてしまった。由真の焦った顔を見た瞬間、なにか秘密があるような気がしたのだ。

「どうしてそんなに慌てるんですか？」

「べ、別に慌ててなんて……それを返して」

由真の様子はあまりにもおかしかった。先ほどまでシックスナインで大胆に喘いでいたのに、今は明らかに動揺して視線を泳がせている。若いセールスマンを誘惑するより、人妻が恥ずかしがることといったら……。

（やっぱり、このローターは……）

健太は想像を巡らせながら、由真の顔をまじまじと覗きこんだ。

枕の下にあったのだから使っているのは間違いないだろう。だが、その使用方法が人妻にとっては大きな問題なのかもしれない。夫婦の愛を確かめるためのスパイスにしたのか、それともひとりで淋しく自分を慰めたのか。

「ご……誤解しないでね」

由真はダブルベッドの上で半身を起こし、怯えたような瞳で見あげてくる。ワンピースの裾が乱れて、太腿が付け根近くまで覗いていた。

恥ずかしげに内腿を擦り合わせる仕草が悩ましい。絶頂の余韻で首筋が桜色に染まっており、人妻の色香が漂ってくるようだ。

「内田さん、お願いだから返して……」

由真の声は羞恥に震えて、瞳には涙すら浮かんでいるように見えた。

欲求不満のあまり、人畜無害そうな健太を誘惑したが、恥ずかしい秘密を知られそうになって焦っている。しかし、無理に奪い返そうとはせずに、先ほどからもじもじと下半身をくねらせていた。

(なんか、おかしいな……)

そもそもシックスナインも由真が積極的に誘導したのだ。今も本気で嫌がっているようには見えなかった。必死になっているのならもっと暴れたり、場合によっては大声をあげたりと、いくらでも抵抗の手段はあるはずだ。

(もしかして、この状況を楽しんでるとか?)

由真の様子を見ていると、健太のなかでちょっとした悪戯心が湧きあがった。

「由真さん、ひとつだけ教えてください」

意図的に声のトーンを落とし、コントローラーのスイッチを入れてみる。すると低いモーター音とともに、ローターが小刻みに震えはじめた。

「なにを、する気なの?」

由真が怯えきった様子で尋ねてくる。だが、その瞳の奥には妖しい期待も見え隠れしているような気がした。

「これ、どうやって使ってるんですか？」

悪人になりきって薄笑いを浮かべ、人妻の目の前でローターを揺らしてみせる。すると、由真は視線をそらして小さく首を振りたくった。

「そ、そんなこと、内田さんには関係――あっ！」

反論しようとした声が、小さな嬌声に変化した。

振動しているローターを、剝きだしの太腿にそっと触れさせたのだ。たったそれだけで、由真は全身をカタカタと震わせはじめていた。

「教えてくれたら、すぐに返してあげますよ」

「やめて……それ――きゃっ！」

半袖ワンピースの肩を軽く押すと、抵抗なくダブルベッドの上に転がった。健太はローターで太腿を撫でまわし、ワンピースの裾をじりじりとずりあげた。

「ダメよ、もうやめて……」

「今さら恥ずかしがらなくてもいいじゃないですか。さっきは自分からまたがってきたくせに」

「や……あのときはどうかしてたの……お願い、許して……」

言葉とは裏腹に、由真は艶めかしく腰を捩らせている。人妻らしく一応抵抗しながらも、さらなる快楽を期待しているのは明らかだった。

ワンピースの裾が捲れあがり、黒々とした恥毛が茂った恥丘が露わになる。恥じらうように閉じられた内腿が、健太のなかに眠る嗜虐《しぎゃく》欲を刺激した。

「惚《とぼ》けないで教えてくださいよ。どうしてこんな物が枕の下にあるんですか？」

振動しているローターを、ぷっくりと盛りあがった恥丘に押し当てる。そして陰毛を掻きわけるようにして、縦溝をそっとなぞっていく。

「はンンっ……そこは、いやっ」

由真は狼狽《ろうばい》しながらも、激しく暴れたりはしなかった。両手でベッドカバーを握り締め、眉を困ったような八の字に歪めていた。

「由真さん、可愛いですね。ローターで苛《いじ》められて感じてるんですか？」

「ち、違うわ……そんなはず……あっ、ダメっ」

ぴっちり閉じられた内腿の付け根にローターを押しつけていく。その瞬間、由真は腰をビクッと跳ねさせて、こらえきれないといった感じの喘ぎ声を振りまいた。

「あっ……や、やめて、それ以上は……ああっ」

「由真さんって、見かけによらず淫乱なんですね」

わざと辱《はずかし》めるような言葉を投げかけてみる。するとたったそれだけで、由真の潤んだ瞳に膜がかかったようになった。

「ち……違うわ……そんなことない……」

否定する声は弱々しい。欲求不満なうえにマゾっ気が強いのかもしれない。出会ったばかりの男に、強引に責められることで感度が増しているのだ。

「そろそろ教えてくださいよ。じゃないと……」

健太はローターを内腿の隙間にねじこみながら、もう片方の手で人妻の膝をこじ開けにかかった。

「そんな待って……ああンっ、今はダメなの、内田さん、お願い」

由真が弱々しい声で懇願してくる。しかし、興奮した健太は聞く耳を持たず、力まかせに内腿を押し開いた。意外と女性を責めるのが好きなのかもしれない。自分の大胆な行動に、ちょっと前まで童貞だったのが嘘のように思えてきた。

「ああっ、いや……見ないで……」

愛蜜で濡れそぼった陰唇が剝きだしになる。由真は顔を真っ赤にして背けるが、やはり手で覆い隠そうとはしなかった。下肢からも力が抜けており、すべてを男にゆだねているような状態だ。

「グチョグチョじゃないですか。やっぱり、由真さんは苛められるのが好きなんですね」

「し、知らない……あううっ」

ローターを陰唇に触れさせると、途端に人妻の唇から淫らがましい喘ぎ声が噴きあがる。淫裂に沿ってゆっくり上下させて、性器全体を執拗に刺激していく。

「あっ……あっ……許して……」

「じゃあ、このローターの使い道を教えてください」

「や……それだけは……」

由真はこの期《ご》に及んで言い淀む。健太はますます聞きだしたくなり、ローターをクリトリスに押し当てた。

「ひあぁッ、そ、そこはダメっ……あッ、あぁッ」

これまでとは異なる切羽詰まったよがり泣きが迸《ほとばし》る。由真は下肢を大きくひろげて、今にも絶頂に達しそうな勢いだ。しかし、ぎりぎりのところでローターをすっと離した。

「あぁンっ……内田さんの意地悪……」

人妻を責め嬲《なぶ》ることで、健太も異様な興奮を覚えている。ボクサーブリーフのなかの男根が棍棒《こんぼう》のようにいきり勃ち、大量のカウパー汁を垂れ流していた。

「言うまでやめませんからね。いつまで我慢できるか楽しみですよ」

ますます嗜虐的になり、普段は決して口にしない言葉を浴びせかけていった。

絶頂寸前まで昂ぶらせては、ローターを離すことを繰り返す。人妻の喘ぎ声はボリュームを増すが、それでもアクメはおあずけの状態を延々とつづける。由真は切なげに腰を捩り、とうとう嗚咽《おえつ》を漏らしはじめた。

「いや、もういや、ああっ、内田さん、もう許して」

「言う気になりましたか？　このローターをどうやって使ってるのか」

健太も鼻息を荒げながら問い詰めると、由真は絶頂欲しさにガクガクと頷きはじめる。そして、はらはらと涙を流して語りはじめた。

「自分で、使ってました……夫に隠れて、オ、オナニーしてました」

「いつも枕の下に隠してるんですか？」

生唾を呑みこんで質問を重ねると、由真は弱々しく首を左右に振った。

「普段はクローゼットに……さっきまで使ってたの……淋しくて、オナニーしてたら……内田さんが来て、それで……」

どうやら、健太がインターフォンを鳴らしたときはオナニー中だったらしい。なるほど、だからパンティを穿いていなかったのだ。そういえば、最初から瞳が妙に潤んでいた。

「それで僕を誘惑したんですね。やっぱり由真さんは淫乱じゃないですか」

先ほどと同じ言葉を投げかけるが、今度は由真も否定しなかった。それどころか、絶頂をねだるように腰をしゃくりあげてきた。

「う、内田さん、お願い……もう苛めないで」

　さすがにこれ以上焦らすのは可哀相《かわいそう》だ。健太はローターをクリトリスに押し当てると、発情した人妻を一気に絶頂へと追いあげにかかった。

「あうッ、そんな、いきなり……ああッ、強すぎるっ」

　下肢を大きく開いたまま、ヒップをググッと持ちあげる。はしたない格好で喘ぎ泣き、アクメの急坂を駆けあがっていく。

「い、いいっ、これ、痺れちゃうっ、あッ、あッ」

「由真さん、イキそうなんですか？　イッていいですよ」

「もう我慢できないっ、ああッ、すごくいいのっ、イキそうっ、あああッ、イッちゃうっ、イクイクッ、ああッ、イックううううッ！」

　焦らしに焦らされたことで、由真はあられもないよがり泣きを響かせながら昇りつめていった。

6

「内田さんがこんなに悪い人だったなんて……」

　ローターによる絶頂からようやく落ち着きを取り戻すと、由真は瞳を潤ませながら、服を脱ぎ捨てて全裸になった。

胸はそれほど大きくないが、ちょうど手のひらに収まりそうな美乳だ。乳首は男心をくすぐる淡いピンク色をしている。スレンダーだが腰はしっかりくびれており、薄く脂の乗った肌からは人妻の艶が感じられた。

「今度はわたしが苛めてあげる」

由真が迫ってきても、健太はまったく抵抗しなかった。服を脱がされて全裸になり、ベッドの上に仰向けに押し倒された。

「すっごい……こんなに硬くなってる」

人妻の目が妖しく光る。小悪魔っぽく唇のまわりをペロリと舐めて、ペニスに指を絡めてきた。

「ううっ……ゆ、由真さん」

軽く握られただけで、腰骨が痺れるような快感がひろがっていく。男根はこれでもかと屹立して、先走り液でヌルヌルになっている。思わず小さな声で呻くと、由真は嬉しそうに口角を吊りあげた。

「わたしで興奮してくれたのね。ねえ、そうなのよね？」

「由真さんの淫らな姿を見ていたら、チ×ポがこんなに勃起しちゃいました」

卑猥でストレートな表現を用いて、人妻の興奮を煽《あお》りたてる。由真がそれを望んでいるとわかったから、わざとあからさまな言葉を口にした。

「ああん、いやらしいわ……内田さんの、お……オチ×チン、いやらしい」

由真はうわごとのようにつぶやきながら、健太の腰をまたいでくる。足の裏をベッドカバーにしっかりつけて、和式便所で腰をおろすような格好だ。

「わたし、人妻なのに……ああっ」

亀頭の先端が濡れそぼった陰唇にヌチャッと触れる。由真はヒップを沈めて、いきり勃った男根を一気に呑みこみにかかった。

「あうっ、入ってくる……内田さんの硬いのが」

「ゆ、由真さん……ううっ」

生温かい媚肉に包みこまれていく感覚が心地いい。腰が浮きあがりそうになるのを懸命にこらえて、人妻に犯される倒錯感に身をゆだねた。

欲情を露わにした由真は、健太の腹筋に両手をついてヒップを完全に落としこんでくる。青筋を浮かべた肉柱が、泥濘《ぬかるみ》にズプズプと埋まっていくのは蕩けるような快感だった。

「いいわ……夫のより太くて長くて、ずっと大きい」

由真がうっとりしたようにつぶやいて溜め息を漏らす。おそらくセックスをするのは久しぶりなのだろう。男根の感触を確かめるように股間をぴったり密着させて、微かにむずむずと腰を蠢かしていた。

「くぅっ……チ、チ×ポが、由真さんのオマ×コに食べられてるみたいです」

とてもではないが黙っていられなかった。

まるで咀嚼《そしゃく》するように陰唇が蠢き、太幹を締めつけてくるのだ。緩急をつけた甘い収縮に、健太は瞬く間に射精感を昂ぶらせていた。

「わたしのなか、気持ちいい？」

由真が潤んだ瞳で尋ねてくる。男が快感に悶えている姿は、女の悦びにも繋がるのだろう。夫に相手にされていないのなら尚更《なおさら》のはずだ。

「き、気持ちいいです……由真さんのなか、トロトロですごくいいです」

呻き混じりに伝えると、彼女は幸せそうな微笑を浮かべて腰を振りはじめた。M字開脚の騎乗位で深く繋がり、腰をゆっくりと前後させる。すると密着した結合部から、すぐにヌチャヌチャと卑猥な音が溢れだした。

「あンっ、感じるわ……」

欲求不満の人妻は積極的だ。すでにシックスナインとローターで二度も気をやっているのに、まだ足りないらしい。

「やっぱり太い……内田さんて、若いのに逞《たくま》しいのね」

「そんなこと言われたの初めてです……」

人妻に褒められて照れるが、満更でもない気分だ。健太は男根をさらに勃起させようと、無駄だと思いつつ腹筋に力をこめてみた。

「あぅっ、どうして？　なかで動いたわ」

由真が驚いたようにつぶやき、腰の動きを加速させる。前後への動きから、臼《うす》をひくようなねちっこい回転運動に切り替えた。

「す、すごい……こんなことされたら、すぐに出ちゃいそうです」

「もう少し我慢して……もっと楽しませてくれなくちゃいやよ」

妖艶な流し目を送りながら、粘っこく腰をくねらせる。スレンダーな肢体がしっとりと汗ばみ、腰から下だけが卑猥に蠢いていた。

「ああンっ、いいわ……こんなふうにしたかったの」

由真も興奮しているのだろう。瞳をとろんと潤ませて、息遣いを荒くしている。乳首は触れてもいないのに尖り勃ち、淡いピンク色を濃くしていた。溜めこんできた欲求を解消しようと、濡れ穴で男根を食い締めてくるのだ。

「ううっ、締まる……由真さんっ」

「まだダメ……イクときは、わたしといっしょよ」

腰の回転がどんどん速くなり、湿った音が大きくなる。健太はベッドカバーを両手で摑み、こみあげてくる射精感をぎりぎりのところで抑えこんでいた。

夫婦の寝室で、真っ昼間から情事に耽っている。股間にまたがって一心不乱に腰を振っているのは初対面の人妻だ。その背徳感があるからこそ、愉悦は燃えあがるように大きくなっているのだろう。

健太の男根からは先走り液が溢れ、由真の膣奥からは愛蜜が分泌されている。二人の興奮が混ざり合い、股間はぐっしょりと濡れそぼっていた。

「も、もう……本当に……うくぅっ」

「ああっ、内田さん……」

健太が苦しげに呻くと、由真も艶っぽい喘ぎ声を漏らして身をくねらせる。そして腰の動きを激しい上下運動に切り替えた。両脚を踏ん張り、ヒップを上下に振りたてる。高速で肉柱を抜き差しして、グイグイと扱きたててくるのだ。

「チ×ポが擦れて……くううっ」

「あっ……あっ……い、いいっ、気持ちいいっ」

由真が昂ぶった様子でヒップを勢いよく打ちおろしてくる。M字開脚の状態で、欲望のままに腰をくねらせていた。健太もとうとう我慢できなくなり、股間をグイッと突きあげる。人妻の膣奥に向けて、巨大な亀頭を力まかせに抉《えぐ》りこませた。

「あああッ、激し……そんなに動いたら……あッ……ああッ」

「由真さんっ、僕も、もう……くううっ、たまらないですっ」

人妻のくびれた腰を両手で摑むと、真下から股間を叩きつけていく。由真も腰をしやくりあげることで、快感曲線が一気に跳ねあがった。

二人は獣になったように腰を振りたくり、息を合わせて昇りはじめる。絶頂だけを目指して、充血した粘膜をこれでもかと擦りつけた。

「すごくいいのっ、もうおかしくなりそう……ああッ、内田さんっ」

「僕もですっ、出ちゃいそうですっ」

「あッ……あッ……出して、大丈夫だから……お願いっ」

人妻が腰を振りながら中出しを懇願する。この状況で拒絶できるはずもなく、健太はブリッジするように股間を突きあげていた。

「あひンッ、そ、そんな奥まで……」

「出しますよっ、くおおッ、一番奥に……うおおおおッ！」

うなり声とともに精液を放出する。女壺に埋めこんだ男根が脈動して、煮えたぎったザーメンを勢いよく吐きだした。

「あううッ、熱いっ、内田さんのが、ああッ、すごいのっ、あッ、あッ、またイキそうっ、ああああッ、由真、イッちゃうっ、イクっ、イクイクううッ！」

子宮口を精液で灼《や》かれる衝撃で、由真は本日三度目のオルガスムスに昇りつめていった。膣道全体が波打ち、男根を奥に引きこむように蠢いていた。

二人は濡れた瞳で見つめ合い、ねっとりと腰を振りつづける。一時の情事が、心のうちにある淋しさをやわらげていた。

（気持ちいい……セックスって何度経験しても最高だよ……）

東京に住んでいる間は一度も経験できなかったのに、北海道に来てから立てつづけに美味しい思いをしている。

健太は人妻の甘い締めつけを堪能しながら、ここでの生活も悪いことばかりではないとぼんやり考えていた。

第四章　温泉女将のお願い

1

いくら北海道でも七月下旬になるとそれなりに暑くなる。とはいっても、東京のうだるような暑さに比べれば可愛いものだ。

健太のアパートにエアコンはないが、夜なら窓を開けておけば充分涼しい。明け方などは寒くて目が覚めるときもある。地元の人は暑がっているが、これまで夏を東京で過ごしていた健太は快適だった。

こちらの生活にも馴染んできた。営業成績はまだまだだが、それでも少しずつ手応えは摑んでいる。今は地道な外回りが重要な時期だと認識していた。

（さてと、そろそろ出かけるかな）

午前中のうちに、昨日まわった地域をもう一度訪問しようと思う。一度目は駄目でも、二度、三度と訪ねると話を聞いてもらえることがあるのだ。

「ちょっと、あんた留守番してなさいよ」

鞄を手にして立ちあがったそのとき、いきなり背後から声をかけられた。

威圧的な口調はもちろん亜希だ。黒のスカートスーツに身を包み、腰に手を当てて仁王立ちしていた。

「銀行に行かなくちゃいけないから店番してて」

顧客からの入金を確認して、ついでに釣り銭の両替をしてくるという。チーフはすでに得意先まわりで出かけているので、健太が留守番をするしかなかった。

「ウチケンでも役に立つんだから、ありがたく思いなさい」

亜希は顎を跳ねあげて、威嚇するようにポニーテイルを揺らした。

相変わらずの上から目線だが、最近は文句を言いづらくなっていた。幼い頃、母親に構ってもらえなかった淋しさの裏返しで、亜希は勝ち気に振る舞っているのだ。せめてチーフがいればいいのだが、二人きりだと余計に意識してしまう。

「はい、わかりました」

ふたつ返事で承諾するが、亜希は納得がいかなそうな顔で見つめてくる。

「最近やけに素直で調子狂うな。とりあえず言葉遣いには気をつけなさいよ」

亜希は訝《いぶか》りながらも、銀行に出かけていった。

それほど時間はかからないだろう。来客に備えながら、今後の営業先を検討しようと地元の地図を取りだしたとき、二台のバイクが駐車場に入ってきた。

排気量は二百五十ccだろうか。黒塗りのバイクにそれぞれ二人乗りしている。ヘルメットこそ被っているが一見して柄《がら》の悪い連中だ。全員二十代前半といったところか。二人は黒の革ジャンを、もう二人は派手なスカジャンを着ていた。

(うわっ、ヘンなのが来ちゃったよ)

健太がこれまでの人生で避けつづけてきた、もっとも苦手とするタイプだ。

四人の男は営業所に足を踏み入れると、肩を揺らしながらカウンターに歩み寄ってきた。そして、応対しようと立ちあがった健太に鋭い視線を向けてくるのだ。

「亜希はいるか?」

オールバックのリーダーらしき男が、低い声で尋ねてきた。

「や、矢沢は席を外しております」

健太は懸命に怯えを押し殺して平静を装った。すると男は舌打ちをして、なにやら仲間たちと小声で相談をはじめた。

——いつでもいるって話だったろうが。

——マズいな。金はどうするんだよ。

——ヤキいれられるのは御免だぜ。

聞き耳を立てたわけではないが、微かに声が漏れ聞こえてきた。

なにやら、きな臭い話のようだ。「金」「ヤキ」などといった不穏な単語が飛び交っている。しばらくすると男はカウンターの上に置いてあるメモ用紙を勝手に取り、ボールペンで書き殴りはじめた。

「亜希が戻ったら、コイツを渡してくれねえか」

メモ用紙をカウンターに叩きつけると、男たちはあっさり帰っていった。

ほっと胸を撫でおろしながら、メモに視線を走らせる。そこにはミミズがのたくったような汚い字で〝キャロルに十時〟とだけ書かれていた。

（どう考えても普通の連中じゃないな……）

あの柄の悪い男たちが、いったい亜希になんの用があるというのだろう。かつて亜希は不良で、悪い連中と付き合っていたらしいが、そいつらかもしれない。

メモに書かれているのは、待ち合わせ場所と時間のようだ。キャロルというのは街外れにある怪しげなバーだった。

夜になって営業日報を書いている間も、メモを渡すべきか迷っていた。

パソコンに向かっている亜希をちらりと見ては、小さく溜め息を漏らす。黙っているのは気が引ける。だが、みすみす彼女を危険に曝《さら》すことはできない。

(昔は不良だったかもしれないけど、今は真面目に働いてるんだ)

いがみ合うこともあるが、亜希は同じ職場の仲間だ。それに二十歳の女の子だ。もしかしたら、なにか理由をつけられて金品を要求されているのではないか。とにかく、連中を亜希に近づけるのは危険だった。

この日の仕事を終えた健太は、結局亜希には告げずに営業所を後にした。アパートではなく、徒歩で街外れにあるキャロルに向かう。警察に行くことも考えたが躊躇《ちゆうちよ》した。不良時代の悪事をネタに脅されている可能性もある。亜希まで処罰されるようだと会社をクビになりかねない。

(そんなことになったら本末転倒だ……)

とにかく、亜希に近づかないように言うつもりだ。待ち合わせ場所は店なので、連中も手出しはできないだろう、という健太なりの計算があった。

外灯がぽつぽつと灯《とも》るだけの道を二十分ほど歩くと、田舎町にそぐわないピンク色のネオンが見えてきた。それが目的の店〝BAR・キャロル〟だった。

昼間なら営業車で何度も前を通っている。だが、営業しているのを見るのは初めてだ。怪しげな雰囲気が濃く漂っており、入店するのを躊躇してしまう。

それでも健太は仲間を救いたい一心で、男たちの待つ店に乗りこんだ。

薄暗い店内は思ったよりも狭く、カウンターとテーブル席が三つしかない。捜すまでもなく男たちの姿が視界に飛びこんできた。

「え……？」

　思わず頬の筋肉がこわばった。

　三人がカウンター席に座っており、例のリーダー格の男がカウンターのなかでシェーカーを振っている。どうやら、この男は店の者らしい。まずいことに他に客はなく、店員の姿も見当たらなかった。

「あれ？　あんた、亜希の店の人だよな」

　リーダーらしき男が口を開いた。ビールを呷《あお》っている他の男たちも、じろりと視線を向けてくる。

　いざとなれば居合わせた客に助けを求めればいいと高を括《くく》っていた。しかし、今さら引きさがれない。連中も黙って帰してはくれないだろう。

「あ……亜希さんは来ない」

　震えそうになる声を懸命にこらえる。途端に男たちの顔色が変わり、いっせいに体ごとこちらを向いた。

「お、おまえたちみたいな連中に、亜希を渡すわけにはいかないんだ！　代わりに僕が話を聞きにきた」

　精いっぱい強がるが喧嘩は苦手だった。この状況だと殴られるかもしれない。本当は怖くてたまらないが、もう足が竦《すく》んで逃げだすこともできなかった。

そのとき、ふと疑問が湧きあがる。

なにをこんなに必死になっているのだろう。北の果てに飛ばされた挙げ句、なぜこんな危ない連中と対峙しているのだろう。

亜希は会社の先輩でしかない。年下のくせに生意気で、礼儀知らずの小娘だ。そんな元不良少女のために、いったいなにを格好つけているのだろう。

「おまえ、もしかして亜希に惚《ほ》れてるのか？」

リーダー格の男が鼻で笑った。すると他の三人も唇の端を吊りあげるではないか。

「亜希の奴、こんな男に惚れられたのかよ」

「真面目になったもんだ。マジ、傑作だぜ」

「あの亜希がねぇ。チョー笑えるよ。あいつもダサくなっちまったな」

健太は立ちつくしたまま、男たちの声を浴びつづけた。

（な……なんだ？　どうして笑うんだ？）

不快でたまらなかった。恐怖が消えることはないが、小馬鹿にされるのは我慢ならない。気づいたときには拳を握り締めていた。

（やめろ、相手は四人だぞ……大人しく謝ったほうがいい）

心のなかでつぶやくが、憤怒は急激に膨れあがっていく。自分でもなにを怒っているのかわからないまま、大声で喚《わめ》きながら男たちに向かっていった。

男たちの怒声が聞こえる。

床の上に倒された体に衝撃が走り、そのたびに鈍い痛みがひろがった。

パンチを一発入れることすらできず、逆に袋叩きにされている。頭を抱えてエビのように丸まり、男たちの暴行が収まるのを待ちつづけた。

（もう……死んじゃうのかな……）

薄れゆく意識のなかで、ぼんやりとこれまでの人生を振り返る。

高校を卒業して希望を胸に上京した。だが、なにもいいことはなかった。今にして思うと、北海道での数ヵ月のほうがずっと面白かったような気がする。

童貞を捨てることができたし、素敵な女性たちと出会うこともできた。ただひとつ悔いがあるとしたら、彼女ができなかったことくらいか……。

（亜希……さん）

そのとき脳裏に浮かんだのは亜希の顔だった。

腕組みをして顎をツンとあげたお得意のポーズが印象に残っている。生意気だけれど憎めない女の子だった。

（そうか……僕は亜希のことが……）

なにを怒っていたのか、ようやくわかった気がする。

自分のことではない。亜希を馬鹿にされたような気がして腹が立った。好きな人を笑いものにした連中を、どうしても許せなかったのだ。

「あんたたち、なにやってるのよっ！」

亜希の怒鳴り声が聞こえたような気がする。

幻聴が聞こえるようになったら、いよいよお終いだ。ぼんやりそんなことを考えたとき、またしても懐かしい声が耳もとで聞こえた。

「やだ、ちょっとウチケン……大丈夫？」

やけに現実味のある響きだ。殴られて腫《は》れぼったい目を開けてみる。すると、そこには心配そうに覗きこむ亜希の顔があった。

「あ……亜希……。なに泣いてんだよ……不良のくせに……」

情けないほど声が掠《かす》れていた。からかいの言葉を浴びせかけたのに、亜希はいつものように目を吊りあげたりはしない。なぜか愛らしい顔をくしゃっと歪めて、やけにやさしい手つきで髪を撫でてきた。

「よかった……」

勝ち気そうな瞳が心なしか潤んでいる。いつの間にか男たちの暴行はやんでいた。

(あれ……これって現実なのか？)

幻覚だと思っていたが、どうやら目の前に本物の亜希がいるらしい。思考能力が薄れており、まったく状況を把握できなかった。

亜希がすっと立ちあがる。視界から愛らしい顔が消えて、黒いヒールしか見えなくなった。どうやら、いつものスカートスーツ姿のようだ。

「よくもやってくれたね。どう落とし前をつけるつもり？」

亜希が男たちに向かって啖呵を切る。凶悪な連中相手に、女ひとりで無謀な喧嘩を売っているのだ。

「やめろ、殺されるぞ……逃げるんだ」

懸命に口を動かすが、囁くような声しか出なかった。手足も痺れて動けない。すぐ近くにいるのに助けることができず、悔し涙が溢れだした。

しかし、なにか様子がおかしい。どういうわけか男たちの腰は完全に引けていた。

「なんだよ、亜希。そんなに怒ることかよ」

「俺たちは金を返しに行っただけじゃねえか」

「メモを渡したのに、この野郎が無視しやがったんだ」

「それによ、最初に向かってきたのはコイツの方なんだぜ」

四人はやけに慌てて弁解する。相手は二十歳の少女がひとりだけ。それなのに、悪ぶった男たちのほうが気圧されていた。

「言いたいことはそれだけ？」

亜希の声は妙に落ち着き払っている。嵐の前の静けさとでも言うのだろうか。朦朧《もうろう》としている健太にも、異様な迫力が伝わってきた。

「社会に出たら、そんな言い訳は通用しないって言ってるだろう。あんたたち、まだわかってないのかよ」

「そ、それはわかってるけどよ。まさか、亜希……コイツのこと、マジなのか？」

リーダー格の男が問いかける。すると店内の雰囲気が一変した。ヒールを履いた亜希の足が、ゆっくりとカウンターに近づいていった。

「マジだったら悪い？」

ひときわ低い声で詰め寄っていく。これ以上男たちを挑発するのは危険だ。しかし、健太の心配とは裏腹に、男の口から出たのは意外な言葉だった。

「お……俺たちが悪かったよ」

あれほど暴力的だった連中が、反省した様子で口々に謝罪した。

わけがわからないまま、亜希の手を借りて立ちあがる。肩を抱かれてふらつきながら店を出ると、頭に半キャップを乗せられた。

「あんたはこれを被って」

「痛っ……」

思わず顔をしかめる。瘤《こぶ》でもできているのか頭が痛んだ。

「あ、ごめん、って……ウチケン、泣いてるの？」

亜希が顔を覗きこんでくる。健太は慌ててそっぽを向くと涙を拭った。

「よかったよ。亜希に怪我がなくて」

こんなときだからこそ、素直な気持ちが言葉になる。亜希が無事でよかった。それは嘘偽りのない本心だった。

「な、なに言ってるの……あたしがやられるわけないじゃん」

亜希は落ち着かない様子で原付のエンジンをかけると、派手に空吹かしした。

「だいたいさ、なんであんた、あたしのこと呼び捨てにしてるわけ？」

「いや、それは……親近感っていうか……」

「なにそれ。ちょっと、なれなれしくない？」

こうして亜希と言葉を交わしていると、心の底からほっとできる。普段と同じようなやりとりをすることで、助かったことを実感できた。

「ところで、どうしてここに来たんだよ」

くだけた口調になっていたが、亜希は突っこんでこない。彼女も少なからず動揺しているのかもしれなかった。

「退社する前、挙動不審だったから気になってたのよね。そしたら、あんたのデスクに、あいつらのメモが置いてあるのを発見したってわけ」

　どうやらメモ用紙を捨て忘れていたらしい。しかし、挙動不審に見えていたとは思わなかった。

「あの男たちって、知り合い？」

「え……うん、まあ……」

　亜希はばつが悪そうに肩を竦めた。痛いところを突かれたというように下唇を小さく噛む。そして言いにくそうにしながら切りだした。

「じつはさ、昔の仲間っていうか……ちょっと、暴走族みたいなことをね……。でも、あいつら喧嘩っ早くてバカだけど、今は真面目に働いてるんだ」

　バーのマスター、ガソリンスタンドの店員、トラックの運転手、土木作業員。亜希の説明によると、それぞれ定職に就《つ》いているらしい。

「怪我させちゃってごめん……。許せないと思うけど……許してやってほしい。警察とか行っちゃうと、あいつらダメになっちゃうかもしれないから」

　あの生意気な亜希が両手を合わせて頭をさげてくる。そこまでされたら許すしかないだろう。彼らの前ではあれほど怒っていたのに、今はこうして庇っている。仲間を大切にする姿にむしろ好感が持てた。

「別にどうってことないよ。こんなの掠り傷だしさ」

無理をして微笑むと、亜希の顔がぱっと明るくなった。たったそれだけで心が温かくなる。今ならどんなことでも許せるような気がした。

話を聞いてみると、男たちは亜希に借りた金を返しに来ただけらしい。会社に何度も訪れると迷惑をかけると思ってメモを渡したのだという。それを健太が勘違いして、ひとりで先走ってしまったのだ。

「ウチケン、喧嘩したことないでしょ」

「え？　あ、うん……そんなには……」

まったくないとは格好悪くて言えなかった。適当に言葉を濁すと、亜希はプッと噴きだした。

「バカだな。喧嘩もしたことないクセに」

相変わらず口は悪いが、本気で心配してくれたのはわかっている。

「でもさ……意外に男らしいところあるじゃん」

そう言った亜希の目もとは、ほんのりと桜色に染まっていた。

「早く乗んないと置いてくよ」

スクーターにまたがると、不良少女さながらに無駄な空吹かしを繰り返す。照れ隠しなのか、目つきがいつもの鋭さを取り戻していた。

「これって二人乗りしていいんだっけ？」

健太は足もとをふらつかせながら、亜希の後ろにまたがった。

「男のクセにちっちゃいこと気にしてんじゃないよ。ほら、しっかり摑まってないと振り落とすからね」

亜希のほっそりとした腰に手をまわす。その瞬間、なめらかなラインが手のひらに伝わりドキッとしてしまう。すると、もっと強く摑まれとばかりに、手をぐいっと引かれて体が密着した。思いがけず亜希に女を感じて、頭に血が昇るのがわかった。

「じゃ、ぶっ飛ばすよ」

威勢のいい声とともに、二人乗りの原付が夜の街を疾走する。殴られて火照った頬を、夏の夜風が心地よく撫でていった。

2

「あたしが治療してやるよ」

亜希は救急箱を持ってくると、スーツの上着を脱いでシャツを腕まくりする。そんなに気合いを入れる必要はないと思ったが、せっかく手当をしてくれるというのでまかせることにした。

営業所に救急箱があることを思いだしたのは亜希だった。すでに十時をまわっているので、ショールームは暗いまま事務所の照明だけをつけていた。

健太は自分の席に座ると、安堵《あんど》して小さく息を吐きだす。瞼《まぶた》が腫れて、唇も切れている。全身が痛むが、骨が折れていないのは不幸中の幸いだった。

亜希はキャスター付きの椅子を転がしてくると目の前で腰をおろした。タイトスカートから覗く膝が、スラックスの膝にぶつかっている。だが、亜希は気にせず身を乗りだしてきた。

「ちょっと染みるかもよ」

消毒液を含ませた脱脂綿が、切れた唇にそっと押し当てられる。途端にピリッとした痛みがひろがり、反射的に肩を竦ませた。

「イッテ……」

「だから染みるって言ったでしょ。ほら、動かないで」

口調とは裏腹に、亜希は心配そうな顔をしている。そんな彼女に文句を言えるはずもなく、健太は黙って傷口を消毒してもらう。両瞼の腫れが目立つが、実際は大した怪我ではなかった。

(夜の営業所で二人きりか……)

顔の傷を覗きこんでくるので、自然と距離が近くなっていた。染みひとつない肌が美しい。彼女の息遣いを感じ、微かに漂ってくる甘い香りにうっとりとなる。

「あ、あのさ……マジ、なんだよね？」

やはり聞かずにはいられない。亜希に対する気持ちを自覚しているので、胸の鼓動がどんどん高まってしまう。

「……なにが？」

亜希は唇の傷に脱脂綿を押し当てながら、ぶっきらぼうに答えた。

「さっきバーで言ってたこと」

思いきって切りだすと、亜希は息を呑んだように黙りこんだ。なんでもない風を装って治療をつづけるが、健太の言いたいことはわかっているだろう。

——コイツのこと、マジなのか？

——マジだったら悪い？

先ほどバーで、亜希と男はそんな会話を交わしていた。

「あんたはどうなのよ……」

亜希はまっすぐ見つめてくると、感情を押し隠した声で逆に尋ねてきた。

視線と視線が重なり、急激に気持ちが昂《たか》ぶってくる。想いを伝えるなら今しかない。この機を逃すと、一生言えないような気がした。

「僕は、もちろん……す……好きだよ」

女性に面と向かって告白するのは初めてだ。極度の緊張で声が震えるが、正直な気持ちを言葉にした。

「なっ……い、いきなり言わないでよっ」

亜希は目を見開き、顔を見るみる真っ赤に染めあげていく。ポニーテイルを揺らして怒ったように横を向くが、席を立とうとはしなかった。

「亜希はいつから僕のこと……」

「そ、そんなこと聞かないでよ……バカ」

亜希は下を向いてもじもじしている。膝がぶつかっていることに気づいているのだろうか。緊張と興奮が高まり、いつしか健太も顔を熱く火照らせていた。

「……ウチケンが初めて営業所に来た日」

亜希が上目遣いに見つめてくる。羞恥心を誤魔化そうとしているのか、拗《す》ねたように唇を尖らせていた。

「アパートに案内したとき、あたしのこと可愛いって……」

「そんなこと言ったっけ？」

不用意に答えた途端、亜希の表情が瞬く間に曇ってしまう。

あの日は初めて職場を訪れた緊張だけではなく、ど田舎を目の当たりにして激しいショックを受けていた。チーフと亜希に会ってテンションがあがったのは覚えているが、その他のことはあまり記憶になかった。

「あんなこと言っておきながら忘れるなんて……最低っ！」

「ごめん。でも、いつも思ってた。亜希のこと可愛いなって」

口から出まかせではない。亜希がメイクで勝ち気に見せていることにも気づいていた。本当は可憐《かれん》な少女なのだろうと思っていたのだ。

「な、なに言ってるの？」

不機嫌になりかけていた亜希の顔が、今度は一瞬にして真っ赤になる。そして健太の太腿を拳でポカポカと叩いてきた。

「バ、バカっ……バカバカバカっ、バカぁっ！」

「痛っ、ちょっと待って、そこ痛いって」

今まで気づかなかったが、太腿にもダメージを負っていたらしい。軽く叩かれただけで、顔をしかめて呻くほどの痛みがひろがった。

「えっ、嘘……脚も怪我してるの？」

亜希が一転して心配そうな顔つきになる。傷の手当てという本来の目的を思いだして、叩いていた太腿をそっと撫でてきた。

「うっ……だ、大丈夫。ただの打ち身だから」

実際のところ痛みはそれほどでもない。それより、やさしく触れられて妖しい感覚が湧き起こっていた。

「格好つけて強がんないでよ。後でひどくなっても知らないからね」

亜希は憎々しげに言いながらも、再び瞼の腫れを気にして覗きこんでくる。必然的に顔が急接近して、まるで見つめ合っているような状態だ。

（く、唇……亜希の……）

勇気を出して告白した女の子の唇が、すぐ目の前に迫っている。健太は惹きつけられるようにして、ほとんど無意識に唇を重ねていた。

「ん……？」

亜希はきょとんとして目を丸くする。

表面がそっと触れるだけの軽いキスだ。それでも好きな子と交わす口づけは、天にも昇るような心地だった。もう一度キスしようと顔を近づける。すると亜希は我に返ったように肩を摑み、腕をぐっと突っ張らせた。

「ちょ、ちょっと、なにすんのよ！」

すごい剣幕に驚かされるが、これくらいで引くようでは元不良少女と付き合えない。健太は高揚感を押し隠し、平然とした様子を装って語りかけた。

「いやだった？」

「い、いやじゃないけど……急にするから」

耳まで染めてにらみつけてくる。怒っているというより、困惑しているだけのようだ。亜希が本気で怒ったら、平手打ちくらいしてくるだろう。

「じゃあ、キスするよ」

「う、うん……」

華奢《きゃしゃ》な肩に手を置いて顔を近づけると、亜希はそっと睫毛を伏せていく。健太は少し緊張しながら、あらためて唇を触れさせた。

「ン……」

亜希が小さな声を漏らし、身体をピクッと震わせる。まるで初心《うぶ》な少女のような反応が愛らしい。柔らかい唇を感じて、たまらない衝動がこみあげてきた。

「消毒液の匂いがする」

亜希がポツリとつぶやく。先ほど消毒してもらった匂いが残っていたのだろう。そんな照れ隠しの言葉も愛《いと》おしかった。

椅子に座ったまま、そっと頬を寄せていく。シャツの背中をやさしく抱くと、彼女の手も健太の背中にまわされた。ポニーテイルから甘いトリートメントの香りが漂ってくる。誘われるように唇をそっと首筋に押し当てた。

「あっ……ウ、ウチケン、ちょっと……」

亜希がほんの少し身体を離して、なにかを言いかける。健太が不思議そうに見つめると、思い直したように首を振った。

「ううん、なんでもない……」

普段は生意気だが、こういうときは恥じらいを見せる。そんな亜希の意外な一面が健太をますます昂ぶらせた。

シャツの胸の膨らみに手を伸ばす。手のひらをそっと重ねると、亜希は羞恥に潤んだ瞳を閉じてうつむいた。切なげな表情を見つめながら、乳房をねっとりと揉みしだく。服の上からでも瑞々しい張りとボリュームが確認できた。

亜希は下唇を小さく噛んでいる。目もとを染めて微かに吐息を漏らしていた。

さらに指を食いこませて、服の上から乳首と思われるあたりをくすぐった。それでも亜希はわずかに腰を捩《よじ》らせるだけで逃げようとはしない。顔を真っ赤に染めて、ひたすらに身を硬くしていた。

女の子というのはやはり外見からは判断がつかない。あの勝ち気な亜希が、すっかり大人しくなって乳房を揉ませているのだ。

(僕のことを受け入れてくれたんだね)

健太は有頂天になっていた。こんな可愛い女の子と気持ちを通わせることができるなんて、学生時代には実現できなかった夢のような出来事だ。

「亜希、嬉しいよ」

耳もとで囁きながら片手で背中を抱き、もう片方の手をタイトスカートから覗く太腿にそっと置いた。

「あっ……こ、ここは職場だし……」

亜希がうろたえたように小声でつぶやく。

しかし、健太の指先にはストッキングのなめらかな感触と、太腿のむちっとした肉感が伝わっている。当然のように手のひらを滑らせて、タイトスカートのなかへと侵入させていった
（もう童貞じゃないんだ……大丈夫）

多少なりとも経験を積んでいる。童貞だと馬鹿にされることはないはずだ。

亜希がどの程度の体験をしているのかはわからない。とにかく、ここは健太がリードする場面だろう。殴られているところを見られているので、男っぽい面をアピールしたいという思いもあった。

スカートのなかでストッキングのウエスト部分に指をかけ、少しずつ脱がそうとする。だが、彼女は椅子に座ったままヒップを浮かそうとしなかった。

「ウチケン、やだ、待って」

亜希が訴えてくるが、もう健太の耳には入らない。頭にあるのは、好きな子とひとつになりたいという思いだけだ。冷静さを失い、ストッキングとパンティを強引に太腿のなかほどまで引きさげた。

「きゃっ……」

元不良少女らしからぬ可愛らしい悲鳴が響き渡る。タイトスカートのなかでは、ヒップが剝きだしになっているはずだ。

「あ、亜希っ……僕は、僕はもう！」

健太は鼻息を荒げて、スラックスとボクサーブリーフを一気におろした。反り返った肉柱が勢いよく飛びだし、下腹をビタンッと叩く。誰もが「大きい」と口を揃える男根が激しく怒張し、凶暴そうに青筋を浮かべていた。

「やっ……な……そ、それ……」

亜希が怯えたように唇を震わせる。見開かれた瞳は巨根を凝視していた。

健太はいよいよ挿入しようと、亜希に覆い被さっていく。椅子に座らせたまま、正面から貫くつもりだ。と、次の瞬間、胸板をドンッと押し返された。

「なにすんのよ、このヘンタイっ！　あたし、そんな軽い女じゃないんだから！」

亜希は大きな声で怒鳴り散らして立ちあがると、健太に背中を向けて乱れた服を直していく。

「あ……亜希？」

健太はわけがわからず立ちつくしていた。

いいムードだったのに挿入寸前で拒絶されたのだ。てきぱきと身なりを整えていく亜希に、どんな言葉をかければいいのかわからなかった。

「ウチケンのバカっ！」

亜希は顔を見ようともせず、捨て台詞《ぜりふ》を残して営業所を飛びだした。

(どうなってるんだ。あんなに怒るなんて……)

健太もボクサーブリーフとスラックスを引きあげると、慌てて亜希の後を追おうとする。そのとき、ドアが開いて予想外の人物が現れた。

3

「あら、内田くんじゃない」

「チ、チーフ、どうしたんですか？」

「明日の商談で使う見積書を確認したくて。あなたこそ、こんな時間に――」

貴子は途中まで言いかけて眉を顰《ひそ》める。そして、ヒールを鳴らしながらつかつかと歩み寄ってきた。

「いったい、なにがあったの？　それは誰かに殴られた傷ね」

切れ長の瞳で見つめてくる。思わず口調が厳しくなるほど、健太の顔は腫れあがっているらしい。この状況から亜希を追いかけることはできなかった。

「これは……その、知らない男たちが、いきなり……」

正直に話すと亜希が追及される。そう思って咄嗟に嘘をついていた。

「その様子だと警察には行ってないのね。本当に見ず知らずの相手なの？」

「はい……」

「ちょっと見せなさい」

チーフが信じたのかどうかはわからない。腫れた瞼を覗きこみ、肩や腕、脚にも触れてチェックする。いやらしさなど微塵《みじん》もない触り方だった。

「骨は大丈夫そうね。とにかく明日は休みなさい」

「いえ、これくらいの怪我は――」

「どちらにしても、その顔で営業は無理よ」

確かに腫れた顔で営業はできない。だからといって仕事を休むのは気が引けた。

「知り合いの温泉旅館を紹介するから、そこで一日ゆっくりしてきなさい」

「え？　こんな掠り傷、どうってことないですよ」

「これは業務命令よ。女将《おかみ》さんにはわたしから連絡しておくわ。今からすぐに行くから車に乗りなさい。お金のことは気にしないでいいわよ」

有無を言わせない迫力があった。貴子は勝手に決めると、携帯電話を取りだして誰かと話しはじめた。

心配されていると思うと胸が熱くなる。健太に断る理由はなかった。

半ば強引に貴子の自家用車に乗せられて出発した。もうすぐ夜中の十一時になろうとしている。山に向かう田舎道に、他の車は一台も走っていなかった。

「すみません……こんな時間に……」

「怪我人が余計なこと気にしない。河乃屋《かわのや》の美人女将がもてなしてくれるって言うから、ゆっくり体を休めるのよ。ちょうど疲れも溜まっていた頃でしょう。あと、夕飯もまだ食べてないって言ってたから、食事も頼んでおいたわ」

恐縮して肩を竦める健太に、貴子はやさしく微笑みかけてくれた。

温泉旅館〝河乃屋〟は、十年来のお得意様だという。旅館の社用車はもちろん、女将の車も貴子が販売しており、個人的な付き合いもあるらしい。だから、急な頼みも聞いてもらえたのだろう。

「じゃ、女将によろしく言っておいてね」

三十分ほどで河乃屋に到着した。健太を降ろすと、貴子は明日が早いという理由で女将に会うことなく走り去った。

河乃屋は帯広市郊外の山中に建てられた温泉宿だ。

歴史を感じさせる木造建築の立派な旅館で、暴行を受けて汚れたスーツでは入りづらい。突然の訪問なので、もちろん荷物はなにもなかった。

緊張しながら足を踏み入れると、和服姿の女性が待っていた。淡いクリーム地に薄い黄色の縦縞が入った夏らしい着物に、花を散らした青地の帯を締めている。綺麗に結いあげた髪には、銀色のかんざしを刺していた。

「いらっしゃいませ。女将の湯川智恵子《ゆかわちえこ》です」

小川のせせらぎのような静かな声だった。しっとりと落ち着いた雰囲気が漂っており、丁寧に頭をさげることで剝きだしになる白いうなじが色っぽい。

（この人が、女将さんか……）

思わずうっとりと見つめていた。

美人だとは聞いていたが、確かに十人に聞けば十人が間違いなくそう答えるであろう、正真正銘の和風美人だった。

車のなかで貴子から軽く説明を受けていた。

智恵子は三十七歳。河乃屋の一人娘として生まれ、五年前に見合いをして婿養子をもらったという。四十五歳になる夫は真面目な性格で、三年前に河乃屋の社長に就任して経営面を担っているらしい。

「内田健太様ですね。お待ちしておりました」

女将は顔をあげると、まっすぐに目を見つめてくる。視線が合っただけで、健太は胸の鼓動が高鳴るのを感じた。

「ど、どうも……」

考えてみれば、ひとりで旅館に来るのは初めてだ。しかも、すでに夜の十一時をまわっているというのも非常識極まりない。恐縮しきって頭をさげると、智恵子はふんわりとした柔らかい笑みを浮かべた。

「三津谷様から承っております。どうぞ、ごゆるりとおくつろぎください」

丁重に挨拶されると、余計に緊張してしまう。そんな健太の心情を察したのか、智恵子はほんの少し表情をやわらげた。

「三津谷さんから、お怪我をされたとうかがっております」

チーフの呼び方が「三津谷様」から「三津谷さん」に変わった。それだけでも気が休まる。あまり堅苦しいと肩が凝《こ》ってしまいそうだ。

「まずは露天風呂へご案内いたします。当館の温泉は擦り傷や打ち身にも効能がありますから、少しはお怪我を癒せると思います。お部屋は後ほどということで」

健太としてもその方がありがたい。汚れた身体を洗い流して、とにかくすっきりしたかった。そうすれば多少は気分も晴れるだろう。

脱衣所に案内された。青い暖簾《のれん》に「男」と書かれているが、女将もいっしょに入ってくる。通常の利用時間は過ぎていて、健太のために特別に開けてくれたらしい。つまり貸し切り状態ということだ。

「お洋服をクリーニングしておきますので、この籠《かご》に入れておいてください。明日の朝には仕上がります」

智恵子はそう言って微笑み、籐《とう》の籠を置いて脱衣所から出ていった。

棚にはすでにバスタオルと浴衣《ゆかた》が用意されている。健太は脱いだ服を籠に放りこむと、浴場のガラス戸を開けた。

誰もいない広い浴室を通り抜けて、まっすぐ露天風呂へと向かった。

湯けむりの向こうに、湯をたっぷり湛《たた》えた温泉が見えた。大きな岩をいくつも組み合わせて作った岩風呂だ。周囲に張り巡らされた竹垣も風情がある。空を見あげると、綺麗な三日月が浮かんでいた。

健太は岩風呂の縁《ふち》にしゃがみ、まずは木桶でかけ湯を繰り返す。袋叩きにされたことで、全身が汗と埃《ほこり》にまみれてどろどろだった。おおかた流し終えたとき、ガラス戸が開いて白いバスタオルを身体に巻いた人影が現れた。

「え……？」

慌ててタオルで股間を隠す。薄暗いので顔までは見えないが、髪をアップにした女性だった。嬉しさよりも焦りの方が大きい。裸を見てしまってからでは取り返しがつかなくなる。

「あ、あの……ここは男湯ですよ」

恐るおそる声をかけると、その女性はなぜかまっすぐ歩み寄ってきた。

「驚かせてしまってごめんなさい。お背中をお流しします」

にっこりと微笑みかけてきたのは智恵子だった。

着痩せするタイプなのか、バスタオル一枚だけの姿は先ほどの印象とは違ってグラマーだった。胸は驚くほど豊満で、深い谷間を形作っている。バスタオルが巻かれた腰はくびれており、臀部はむっちりと張っていた。

「あ……お、女将さん？」

目のやり場に困り、しどろもどろになってしまう。いくら高級な旅館でも、こんなサービスがあるはずない。動揺するなと言うほうが無理な話だ。

「健太さん、お座りになって」

唖然とする健太に、智恵子は木製の風呂椅子を勧めてきた。

後《おく》れ毛をそっと直す仕草が色っぽい。和風美人に「健太さん」などと呼ばれて舞いあがりそうになる。そんな健太の心情などお構いなしに、女将は手にしていたタオルに、たっぷりのボディソープを取って泡立てはじめた。

「じ、自分で、できますから……」

健太はやっとのことで口を開くと、手を差しだしてタオルを受け取ろうとする。だが、智恵子はその手をやんわりと押し返してきた。

「丁重におもてなしするように言われておりますから」

指先が少し触れただけで、女将のペースになってしまう。

どうやらチーフが頼んでくれたお陰で、特別に気遣ってくれているらしい。突然のことに驚きながらも、健太はおずおずと風呂椅子に腰をおろした。

「お身体の具合はいかがですか。お怪我をされているのですよね？」

背後からタオルが肩に押し当てられる。たったそれだけで緊張感が高まった。

「か、掠り傷ですから」

「でも、こんなに痣《あざ》がありますよ」

シャボンのついたタオルで背中を撫でられる。痣がたくさんあるためなのか、擦るのではなく、そっと滑らせるような動きだった。

「三津谷さんは湯治《とうじ》だとおっしゃっていましたよ」

「湯治？　チーフ、おおげさだなぁ」

思わず声のトーンがあがると、智恵子がくすっと笑う。体のあちこちが痛むが、それよりも耳もとを掠める女将の息遣いが気になった。

「お顔にも擦り傷が……」

智恵子が背後から覗きこんでくる。そのとき、ぽってりとした唇が耳に触れた。

「うっ……」

「あら、どこか痛みますか？」

耳孔に吐息を吹きこまれ、背筋がゾクリとするような感覚が突き抜ける。さらには乳房の膨らみが背中にあたり、心臓の鼓動が跳ねあがった。バスタオル越しでも、その大きさと柔らかさが伝わってくるのだ。

「い、いえ……大丈夫です」

咄嗟に平静を装うが、内心かなり焦っていた。

股間に血液が流れこみそうになっている。背中全体をまんべんなく這いまわるタオルのヌルヌルした感触も心地いい。つい卑猥なことを連想しそうになり、慌てて気持ちを引き締めた。

智恵子が健太の横に移動する。そして腕にそっとタオルを擦りつけてきた。

（あっ……）

思わず漏らしそうになった声をぎりぎりのところで呑みこんだ。

女将は片膝をついた姿勢なので、バスタオルの裾がずりあがっていた。むっちりした太腿が大胆に覗き、その奥まで見えてしまいそうだ。いけないと思いつつ、視線が吸い寄せられてしまう。

「三津谷さん、ご心配なさってましたよ。大切に思われてるんですね」

智恵子は視線に気づかず、丁寧に腋《わき》の下から指の先まで洗ってくれる。反対側の腕も、同じように片膝をついた姿勢で清めてくれた。

幼子のように体を洗ってもらう無邪気な気持ちと、むちむちグラマーの女将にサービスしてもらう邪《よこしま》な悦びが、健太のなかで同時に湧きあがった。

「はい、顎をあげてください」

智恵子は正面にまわると膝の間にしゃがんで、やさしく微笑みかけてくる。

健太は股間にかけたタオルを慌てて直しながら、またしても女将の太腿に視線を走らせていた。やはり片膝をついており、さらにバスタオルがずりあがっている。今にも大切な部分が露わになってしまいそうだ。

「ま、前は自分でやりますから。ありがとうございました」

理性の力を総動員してやんわり拒絶すると、智恵子は困ったように眉を寄せた。

「そんなこと言わないでください。お願いします、健太さんにご奉仕するように言われてますから」

そこまで懇願されると断りづらくなってしまう。自分よりはるかに年上の美熟女が、泣きそうな顔で見つめてくるのだ。

「これも女将の仕事なのです。健太さん、お願いですから」

「そ、それでは、お言葉に甘えて……」

押し切られる形で了承すると、女将の顔に安堵したような笑みがひろがった。

「それでは、失礼いたします」

タオルを持った手が近づいてきたので、健太は素直に顎をあげた。首筋をやさしく撫でてから、胸のほうにゆっくりとさがっていく。

「痒《かゆ》いところはないですか？」

やさしく尋ねられるが、もう視線を合わせることはできなかった。

「大丈夫です……」

健太は上を向いたまま、夜空に浮かぶ三日月を見つめて答えた。

「照れてらっしゃるのですか？」

女将は手つきはどこか艶《なま》めかしい。胸板を撫でられて乳首が擦れると、体がピクッと反応する。思わず声が漏れそうになり、慌てて奥歯を食い縛った。

「このあたり、痛みますか？　そっと擦りましょうね」

智恵子は集中的に乳首周辺を撫でまわしてくる。男でも刺激されれば乳首は硬く尖り勃《た》つ。するとますます敏感になってしまう。

今さら拒絶するのも不自然だ。なんとかやり過ごそうとするが、反対側の乳首も刺激されると、股間がむくむく膨らみはじめる。焦るほどに勃起は加速し、瞬く間にタオルを押しあげてしまった。

（やばい……やばいぞ、鎮まってくれっ）

懸命に念じるがどうにもならない。思わず頭を抱えたくなる。せっかくの厚意を無にする最低の反応だ。いくら温厚な女将でも黙っていないだろう。

「まあ……。やっぱり、ここも洗ったほうがいいわね」

智恵子は股間の変化に気づくと、騒ぐことなくタオルを取り去った。そして、反り返った陰茎に、泡まみれの指を絡みつけてくるではないか。

「ううっ……お、女将さん？」

やさしく握られた途端、痺れるような快感がひろがっていく。あっという間に下肢が気怠《けだる》くなり、健太は戸惑いながらも女将の愛撫を受け入れていた。

「すごく熱いわ……健太さんのこれ」

智恵子はうっとりした表情でペニスを摑んでいる。濡れた瞳で亀頭を見つめ、物欲しそうにコクリと生唾を呑みこんだ。

（どうなってる？　どうして、こんなことまで……）

うろたえる健太を尻目に、女将は手首を返して陰茎を扱《しご》きはじめる。シャボンで包みこむように、熱くなった肉柱をゆるゆると擦りたててきた。

「そんなことされたら……くぅっ、き、気持ちいいっ」

思考を麻痺させるほどの愉悦がこみあげる。早くも大量の先走り液がダラダラと溢れだし、濃厚なホルモン臭が露天風呂に漂いはじめた。

「若い男の子の匂い、久しぶりだわ」

智恵子は深呼吸をしながら、手コキのスピードを徐々にあげていく。しっとりと落ち着いた雰囲気を漂わせているが、じつは意外と情熱的なのかもしれない。

「こんなに立派なオチ×チン、初めて見るわ」

溜め息混じりにつぶやき、カリを重点的に責めたかと思えば、茎胴をリズミカルに扱きあげてくる。同時に陰嚢をやさしく揉まれ、さらには尿道口をくすぐられた。この熟練したテクニックに、健太がいつまでも耐えられるはずなかった。

「も、もう……うぅっ、もう出ちゃいそうです」

たまらず訴えると、智恵子は妖艶な笑みを浮かべて見つめてくる。そして陰茎を五本の指でにぎにぎと締めつけてきた。

「いいのですよ。遠慮なさらないで、たっぷり出してください。健太さんにご奉仕するのが、女将の務めですから」

そして手コキを再開すると、一気にスピードをあげていく。シャボンと先走り液のヌメリで、蕩《とろ》けるような快感が湧きあがった。

「おおおッ、で、出ちゃいます、女将さんっ、くおおおおッ！」

昂ぶっていた健太は、ひとたまりもなく腰に痙攣《けいれん》を走らせた。いきり勃ったペニスを激しく脈打たせて、濃厚な白濁液を間歇泉《かんけつせん》のように噴きあげる。夜中の露天風呂に低い呻き声を響かせながら、ドクドクと欲望を解き放った。

「ああ、すごいわ……こんなにたくさん」

智恵子は指に付着したザーメンをうっとりと見つめていた。

射精直後の健太は半ば放心状態だった。女将が木桶で湯を掬《すく》い、石鹸を洗い流してくれる。だが、感謝の言葉を返すこともできないほど脱力していた。

「お部屋は最上階にある〝十勝《とかち》の間《ま》〟です。では、ごゆっくり」

そう言って女将が立ち去ると、健太はぼんやりとしながら温泉に浸かった。

頭の芯まで痺れきっていた。あまりにも予想外の展開で、現実感がなくふわふわしている。思考能力が回復するまでしばらくかかった。

(どうして、女将さんはあんなことまで……)

いくらなんでもチーフがそこまで頼むはずがない。わけがわからず、露天風呂のなかでひとり唸りつづけていた。

4

「この方が堅苦しくないと思いまして」

十勝の間に入ると、女将が澄ました顔で待っていた。

なぜか健太が借りたのと同じ浴衣を着ている。髪を結いあげているので、お辞儀をすると白いうなじがちらりと覗いた。

露天風呂でのことを思いだし、男根に意識が向いてしまう。じつは浴衣の下にはなにも着けていなかった。下着まで籐の籠に入れていたので、すべてクリーニングに出されてしまったのだ。

「こちらにお座りになってください」

智恵子に勧められるまま、健太はぶ厚い座布団に腰をおろした。

「これは……」

机の上にずらりと並べられた豪華な料理の数々に思わず唸る。夜中に突然押しかけたにもかかわらず、ここまでしてもらえることに驚きを隠せなかった。

「北海道の特産品です。健太さんは北海道に来られてまだ三ヵ月くらいだとか。それなら、地元の美味《おい》しい物をたくさん食べていただこうと思いまして」

女将が料理をひととおり説明してくれる。

毛ガニ、ウニ、イクラ、ホタテなどの新鮮な魚介類。鮭とタマネギとキャベツをアルミホイルで包んだ〝鮭のちゃんちゃん焼き〟、中央部分が膨らんだ独特の鍋で焼く〝ジンギスカン〟、さらにはデザートの夕張メロンまで用意してあった。

「お酒もありますよ。さあ召しあがってください」

智恵子はお銚子を手にして、にっこりと微笑んだ。

毛ガニと日本酒は相性がよかった。ジンギスカンにはビールを合わせた。ジャガイモから作った焼酎は北海道ならではだろう。豪華な料理に舌鼓を打ち、気づいたときにはすっかり酩酊《めいてい》していた。

「ふぅ……もうお腹いっぱいです」

「では、そろそろお休みになりますか？」

智恵子が楚々《そそ》とした仕草で襖《ふすま》を開く。すると隣室には、なぜか二組の布団が敷かれていた。しかも距離を開けずにぴったりと寄せられている。枕元に置かれた和風のスタンドが、室内をぼんやりと照らしているのが妙に艶めかしかった。

「これって……」

その光景を目にした途端、酔いがいっぺんに醒めた気がした。

躊躇する健太の手を女将がそっと握り、隣室へと誘導する。そのうつむき加減の横顔は、酒を飲んだわけでもないのに赤く染まっていた。

智恵子が掛け布団を剝《は》ぎ、健太は真っ白なシーツの上に仰向けにされる。なぜか女将も横たわり、当たり前のように寄り添ってきた。健太の腕に浴衣の乳房を押しつけて、肩に顎をちょこんと乗せてくるのだ。

「迷惑でしたら、そうおっしゃってください」

「い、いえ、決してそんなことは……でも……」

美人女将に添い寝されて迷惑なはずがない。ただ、先ほどの手コキといい、まったく状況が把握できなかった。

（いったい、どういうことなんだ。もしかして僕は遊ばれてるのか？）

智恵子は三十七歳の人妻だ。どこからどう見ても淑《しと》やかな女将が、普段からこんなことをしてるとは思えない。魔が差して若い男をからかっているだけ、という可能性も否定できなかった。

「健太さん……わたしのこと、ヘンだと思っているのでしょう？」

智恵子が小声で囁き、さらに乳房を強く押しつけてくる。しかし、健太は警戒心を抱いており、暗い天井を見つめたまま身じろぎひとつしなかった。

「軽蔑しないでほしいの……どうしようもないんです」

智恵子は淋しそうな声でつぶやいた。

なにか深い事情でもあるのか、その声には切羽詰まった雰囲気がある。そっと視線を向けると、女将は真剣な眼差《まなざ》しで見つめていた。とても人をからかっている瞳には見えなかった。

「夫との夜の生活が……うまくいってなくて……」

智恵子がぽつりぽつりと語りはじめる。

彼女の夫は真面目すぎるため、三年前に社長に就任してからプレッシャーで性欲が減退しているという。つまりは夫とのセックスが物足りないということだ。世の人妻というのは、どうしてこうも欲求不満なのだろうか。

「ただでさえ回数が減っているのに、婿養子のせいかしら、それとも気がやさしすぎるのかしら、いたわるようにしか抱いてくれなくて」

どう答えたらいいのかわからず、健太は曖昧《あいまい》にうなずいた。

「もっと激しく責めてほしいのに……」

本心を吐露《とろ》した智恵子の瞳はねっとりと潤んでいる。

腕にしがみついたまま、片方の手を健太の胸にそっと置いた。そして体をなぞるようにして、ゆっくりと下方に滑らせていく。

「お……女将さん？」

浴衣越しに指先を感じ、それだけで気分が高揚してくる。先ほどの手淫が強烈なインパクトとなっており、陰茎が早くも反応してしまう。女将の指先が腹筋をくすぐると、いきり勃った男根が浴衣の前をこんもりと持ちあげた。

「大きくしてくれたのですね。若いってすごいわ」

浴衣の裾を左右に開かれると、いきなり勃起が露出する。茎胴に指を絡みつけられて、健太は為す術もなく「ううっ」と快感の呻きを漏らしていた。

「お願い……一度だけでいいの」

智恵子は甘く囁くと、健太の下半身に移動して男根に口づけする。先走り液が唇に付着するのが、サイドスタンドの薄明かりに照らしだされた。そのままヌルリと呑みこまれて、思わず仰向けの状態で両脚を突っ張らせた。

「くぅっ……そ、そんなことまで」

「ンふぅっ……ねえ、健太さん……わたしを助けると思って」

ねっとりと男根をしゃぶっては上目遣いに囁いてくる。根元には指を絡めて、ゆるゆると扱かれた。

「ンっ……ンっ……健太さん、お願いします」

焦らされているようでたまらない。健太は腰をもじつかせて、無意識のうちに何度も頷いた。しっとりとした美人女将にフェラチオされながら懇願されて拒絶できるはずがなかった。

「ぼ、僕にお手伝いできることがあれば……」

はっきり告げると、女将からほっとしたような雰囲気が伝わってきた。もしかしたら、自分から男を誘ったのは初めてだったのかもしれない。

智恵子は男根を吐きだすと、背中を向けて正座をする。そして帯をほどき、浴衣を滑らせて白い肩を剝きだしにした。ブラジャーは着けていない。片手を乳房に当てて振り返り、なぜか帯を差しだしてきた。

「こんなお願い、すごく恥ずかしいのだけれど……縛っていただけますか」

美人女将が両手を背後にまわし、腰の上で手首を交差させる。健太はその光景を見つめて、帯を手にしたまま固まっていた。

「夫がしないことをしてほしいの。きつく縛って苛めてください」

智恵子が掠れた声で懇願してくる。欲求不満も限界なのだろう。その声には悲壮感さえ漂っていた。

（僕が……女将さんを……）

思わずごくりと生唾を呑みこんだ。

手コキで射精に導いてくれた美熟女を、今度は縛りあげて責めたてる。想像するだけで背徳的な快感がこみあげて、勃起がブルンッと大きく鎌首《かまくび》を振った。

健太は鼻息を荒げながら、女将の手首に帯を巻きつけた。

もちろん女性を縛った経験などない。力加減が難しいが、ほどけないようにきっちりと結んだ。すると女将は自由を奪われたことを確認するように、両腕にぐっと力をこめた。

「もう、逃げられないのね……。健太さんの好きにしてください」

智恵子は妙に色っぽい声でつぶやくと、膝を崩して横座りの姿勢になる。縛られたことで、気分を高揚させているようだった。

(こういうことをされたくても、旦那さんには頼めなかったのかもしれないな)

性欲を持て余した女将が、ひどく憐れで愛おしい。後ろ手に縛られたしどけない姿に劣情を刺激される。たまらずなめらかな背中に抱きつくと、両手をまわして乳房を揉みしだいた。

「ああ……健太さん……」

智恵子の唇から溜め息のような喘ぎが漏れる。成熟した巨乳を捏《こ》ねまわされて、裸体を切なげに捩っていた。

「すごい、蕩けそうですよ」

健太は夢中になって柔肉に指を食いこませる。沈みこむような柔らかさは、いくら揉んでも飽きのこない最高の手触りだった。

女将は黒髪をアップにまとめているので、白いうなじが剝きだしになっていた。誘われるように唇を押し当てると、女体がピクッと反応する。どうやらプロポーションだけではなく、感度のほうも抜群のようだ。

肩越しに見おろすと、スタンドの淡い光に照らされて巨乳が淫靡《いんび》な陰影を作っていた。大きめの乳輪は濃い紅色で、乳首は触れる前から尖り勃っている。熟した女体はさらなる刺激を欲して、狂おしいまでに身悶えしていた。

(僕に、してもらいたいんですね)

人妻に求められる興奮が、健太を積極的にしていく。遠慮をしたら女将を満足させられない。彼女は激しい責めを求めているのだ。

「どうしてこんなに乳首が硬くなってるんですか？」

耳に息を吹きこみながら、勃起した乳首をキュッと摘みあげる。すると女将は頭をのけ反らして、艶めかしい喘ぎ声を放った。

「あンンっ……健太さんの意地悪」

振り返って見つめてくる瞳は欲情に潤んでいる。眉を八の字に歪めて、縛られた両腕を弱々しく揺すりたてた。

「こんなことして、わたしをどうするつもりですか？」

囚《とら》われの身になっている自分を想像しているのだろう。かろうじて浴衣を纏《まと》い付かせた下肢をもじつかせる。縛られて苛められることで感じているのだ。

「決まってるじゃないですか。こうするんですよ」

彼女の期待に応えようと、健太も悪い男を演じて、女将の身体を布団の上に引き倒した。

「きゃっ……」

智恵子の唇から小さな悲鳴が漏れるが、本気で嫌がっているわけではない。わざと乱暴に浴衣を剝ぎ取り、むっちりした下肢を剝きだしにする。パンティは穿いておらず、黒々とした恥毛が視界に飛びこんできた。

肉づきのいい太腿を撫でまわしながら、添い寝をするように体を寄せていく。豊満な乳房に頰ずりをして、恥じらう女将の顔をじっと見つめた。

「や……許して……」

後ろ手に縛られているため抵抗できない。健太の手が内腿に入りこみ、股間に向かって這いあがると、徐々に背筋をのけ反らしていった。

「ダ、ダメ、それ以上は……」

言葉とは裏腹に、頰は期待に火照っている。指先が陰部に触れると、ネチャッという卑猥な水音が響き渡った。

「あっ、やめて……ち、違うの」

「なにが違うんですか？　女将さんのオマ×コ、グチョグチョじゃないですか」

わざと卑猥な四文字を使って言葉でも責めながら、濡れそぼった陰唇を指先でなぞりあげる。するとますます愛蜜が溢れて、甘ったるい喘ぎ声が高まった。

「苛めないで……ああっ」

「こうされたかったんでしょう。遠慮することはありませんよ」

尖り勃った乳首にむしゃぶりつき、舌でたっぷり転がしてやる。唾液を塗りつけるようにねぶっては、前歯でコリコリと甘噛みするのだ。

「あうっ、噛まないで……ああっ、ダメぇっ」

智恵子は涙を流して喘ぎはじめる。スタンドの淡い光に照らされて、後ろ手に縛られたグラマーな裸身を白蛇《はくじゃ》のように悶えさせた。

「もう……ああンっ、もう、健太さん……」

「どうかしましたか？」

乳首を咥えて、陰部を指で刺激しながら聞き返す。女将が挿入を望んでいるのがわかっていながら、わざと気づかない振りをした。これまで三人の人妻を抱いたことで、健太はこの状況にも余裕があった。

「や……お願いです」

「ちゃんと言ってくれないとわかりませんよ」

淫裂の上端にある肉のポッチに愛蜜をねちねちと塗りつける。さらには指先でやさしく転がしてやると、女体が小刻みに震えはじめた。

「あっ……あっ……ほ、欲しい……健太さんの欲しいです」

智恵子が泣き顔で訴えてくる。性感は限界まで昂ぶっているらしく、たまらなそうに腰をくねらせた。

「僕のチ×ポが欲しいんですね。わかりました。たっぷりしてあげますよ」

健太も屹立の先端から透明な汁を滴《したた》らせている。浴衣を脱ぎ捨てると、女将の下肢を割ってのしかかった。亀頭が陰唇に触れると、まるで吸いこまれるように男根が埋没していく。

「ンああっ……ふ、太い……ああっ」

智恵子の半開きになった唇から、淫らがましい嬌声が溢れだす。男根を欲するあまり、陰唇が逃がすまいと卑猥に蠢《うごめ》いていた。

「女将さんのなか、ヌルヌルですよ」

生温かい媚肉に包まれて、強烈な快感がこみあげてくる。多少なりとも経験を積んでいなければ、いきなり射精していただろう。成熟した女の蜜壺が、男根をやさしく締めつけていた。

腰をゆっくり動かすと、結合部分からヌチャヌチャと湿った音が響き渡る。蕩けそうな快感が股間から全身へと伝播《でんぱ》して、自然と抽送速度があがっていく。

「ううっ、すごく気持ちいいです……すぐに出ちゃいそうですっ」

射精感が急激にこみあげてきたとき、智恵子が慌てたように訴えてきた。

「ま、待って……あの、後ろから……」

「え……？」

咄嗟に動きをとめて聞き返す。すると女将は恥ずかしそうに顔を背けて、消え入りそうな声でつぶやいた。

「バ、バックから、犯してください」

淑やかな姿からは想像できない言葉だった。縛られるだけでは満足できず、今度は獣のようにバックから犯してくれと懇願してきたのだ。

「女将さんが、こんなにいやらしい人だったなんて驚きですよ」

男根を引き抜きながら、わざと辱めるような言葉を浴びせかける。そして女体をうつ伏せに転がすと、腰を鷲掴みにしてヒップを高く掲げさせた。

「ああ、こんな格好、恥ずかしいです……」

そう訴えてくる声は期待に濡れている。後ろ手に縛ってあるので、肩と頬で身体を支える苦しい格好だ。しかし、この屈辱的な扱いは智恵子本人が望んだことだった。

（バックなんて初めてだ。上手くできるかな）

初挑戦の体位に不安はあるが、それをはるかに凌駕する興奮がこみあげていた。むっちりしたヒップを抱えこむと、男根に右手を添えて膣口を探る。すぐに泥濘《ぬかるみ》を発見して、本能のままにググッと腰を押し進めた。

「はううっ……」

女将の唇から獣じみた声が漏れる。健太も呻きながら、さらに男根を埋没させた。

「おおっ、入った……入りましたよ！」

初めてのバックで異様な興奮がこみあげる。これまで教えてもらう立場だった健太が、人妻を這いつくばらせて後ろから繋がっているのだ。

尻たぶを鷲摑みにしてゆっくり腰を引くと、愛蜜で濡れ光る肉竿《にくざお》が少しずつ姿を現わす。バックで挿入して見おろすことで、犯している気分が盛りあがる。逆に女性の立場からすると、無理やり犯されている気持ちになるのかもしれない。

(そうか、だからバックからしたかったんだ)

女将がこの体位をねだった理由がわかった気がする。それならば、お望みどおりに激しく責めてあげるべきだろう。

むちむちの尻たぶに十本の指を食いこませて、腰を前後に振りたてる。男根を抜き差しすることで、女将の背筋がたまらなそうに波打った。

「こういうのが望みだったんでしょう。もしかして、最初からセックスの相手をさせるつもりで、僕を受け入れたんじゃないですか」

女穴をグイグイ抉りながら詰問する。

ずっと釈然としないものを感じていた。いくらチーフに頼まれたとはいえサービスの度が過ぎている。胸の奥に生じた疑問を、いい加減すっきりさせたかった。

「最初からでは……ああっ、もっと……」

「じゃあ、どうして僕だったんです？」

「三津谷さんから信用できる人だって聞いていたから……」

チーフは女将の欲求不満を知っていて、一夜限りの相手として暗に健太を薦《すす》めたのかもしれない。同じ悩みを抱える人妻同士、あり得ない話ではなかった。

「なんていやらしいんだ。繋がってるところが丸見えですよ」

「いやです、見ないでください……ああっ、動かないで」

恨みっぽい声を漏らしながらも、智恵子は愛蜜を溢れさせている。正常位のときより、さらに感度があがっているようだ。

「後ろからやられるのが好きなんですね。こうされたかったんでしょう?」

大きなストロークで男根をスライドさせる。カリで膣壁を擦るように、ねちっこい動きを心がけた。

「ああンっ……意地悪……健太さん、やっぱり意地悪です」

「もっと速いほうがいいですか?」

徐々に抽送スピードをあげていくと、背後で縛られた女将の両手がもぞもぞと動きはじめる。快感が大きくなり、じっとしていられないのかもしれない。心なしか腰も揺らめいているような気がした。

女将は抽送に喘ぎながらも、ちらちらと健太に視線を向ける。なにかを言い淀んでいるような雰囲気があった。

「あの……お尻を……叩いてくださいませんか」

散々逡巡した後、智恵子は意外な言葉を口にした。

縛られてバックから犯されることで、秘められていた被虐願望が膨れあがっているのかもしれない。その瞳はねっとりと濡れて、半開きの唇からは艶っぽい吐息が溢れだしていた。

「こう……ですか？」

いくら頼まれても、叩くとなると躊躇してしまう。健太はさすがに遠慮して、手のひらを軽く尻たぶに打ちおろした。

「やン、もっと強くです」

智恵子が不満げにつぶやいてヒップを揺する。男根は咥えこんだままで、くびれた腰を悩ましくくねらせるのだ。

「それじゃ、これくらいならどうです」

健太は少し力を入れて尻たぶを叩いてみた。ペシッと乾いた音が響いて、女将の裸身に小さな震えが走った。

「あぅっ、いいわ、もっと叩いてください」

痛みが快感に変わるのか、喘ぎ声がますます艶めいていく。

健太は乞われるまま尻たぶを打ち据える。叩くたびに智恵子は悶えて、膣道を卑猥に収縮させた。

「こんなに締めつけて、いやらしいですね」

「ごめんなさい、すごく感じるんです……ああっ、もっと」

「叩かれるのが感じるんですね。女将さんは苛められるのが好きなんですね！」

自分が強くなったような錯覚に囚われて、さらに手のひらを打ちつける。同時に腰を使い、男根を力強く抽送させた。

「あっ、激し……でも、いいの、ああっ、健太さん、もっと動いてください……もっと奥を……」

智恵子が焦れたように懇願してくる。尻たぶに赤い手形をたくさんつけて、発情した牝の匂いを全身から発散していた。

健太は女将のくびれた腰を両手で摑み、肉柱を根元まで叩きこんだ。膣の深い場所まで届くように、股間をグリグリと押しつける。そしてスッと後退させると、再び勢いをつけて一気に貫くのだ。

「あああッ、届いてます、奥まで……」

智恵子の喘ぎ声が大きくなり、和室の空気が淫靡に染まっていく。情感の昂ぶりを示すように、餅肌がしっとりと汗ばんでいる。後れ毛が垂れかかるうなじにも、玉の汗が浮いていた。

「くっ……締まってきましたよ。女将さんのオマ×コ」

「やンっ、そんな、いやらしいこと……あッ……あッ」

女将が後ろ手に縛られた両手を強く握り締める。かなり追いこまれているのは間違いない。健太も腰を激しく振りたてて、快感を送りこみながら自分も昂ぶっていく。

「女将さんっ、僕のチ×ポは感じますか？」

「感じる、ああッ、すごくいいわ、健太さんの感じるのっ」

女将の身体に小刻みな震えが走る。アクメの前兆かもしれない。健太はここぞとばかりに、ピストンスピードを全開にした。

「あううッ、いいっ、すごくいいのっ、来るわっ、あああッ、来ちゃうっ」

「イキそうなんですね、僕も……も、もうすぐ出しますよ！」

連続して腰を打ちつけると、女将の熟れたヒップがパンパンッと小気味いい音を響かせる。もうスピードを緩めることなく、一気にゴールを駆け抜けた。

「あああッ、健太さんっ、もうダメっ、こんなのって、感じすぎて、うあああッ、イキますっ、イクっ、イッちゃううッ！」

智恵子は本能のままに啼《な》き叫んだ。まるで感電したように後ろ手に縛られた身体を痙攣させて、大量の愛蜜をプシャアアッと勢いよく撒き散らす。見ているだけでおかしくなりそうな強烈なアクメだった。

「僕も出します、女将さんっ……くおおおおッ！」

女将のアクメに引きずられるようにして、健太も膣奥で男根を脈動させた。熟れた媚肉に包まれて白濁液を放出すると、魂まで吸いだされたかのように頭のなかが真っ白になった。

美熟女のむっちりしたヒップを抱えこんだまま、しばらくゆるゆると腰を振りつづける。最後の一滴までザーメンを注ぎこみ、ようやく男根を引き抜くと、智恵子は力尽きたようにぐったりと倒れこんだ。

手首を縛っていた帯をほどき、健太も女将の隣で仰向けになった。

会心の射精を遂げて、オルガスムスの余韻のなかをふわふわと漂う。ようやく現実感が戻ってくると、思いだしたように殴られた傷が痛みだした。

第五章　秘め事レッスン

1

八月の中旬になり、北海道も暑さのピークに達している。だが、こちらは湿気が少ないので過ごしやすかった。

出勤前、健太はアパートの洗面所で鏡に映った自分の顔を覗きこんだ。

バー〝キャロル〟での一件から二週間ほどが経っていた。男たちに殴られた傷はすっかり癒《い》えている。痛々しい唇の裂傷も、幽霊のようだった瞼の腫れも引いていた。

だが、あの夜以来、亜希との間には気まずい空気が漂っている。

相変わらず憎まれ口を叩いてくるが以前のような迫力はなく、健太も今ひとつ調子が狂っていた。挿入寸前までいったが亜希に拒まれた。そのことで互いに意識し過ぎているようだ。とにかく、亜希のことが気になって仕方がなかった。

「あっ、もうこんな時間だ」

考え事をしていたせいで出勤時間が迫っていた。

慌ててアパートを飛びだし、小走りに営業所へ向かう。健太には朝の掃除という役目があるので、のんびりしていられない。みんなが出勤してくるまでに開店準備を整えておかなければならないのだ。

ミーティング開始までにできることを計算しながら横断歩道を渡っていたとき、急ブレーキのキキーッという耳障りな音が響き渡った。

気づいたときには、左折してきたセダンが目前に迫っていた。咄嗟に身を投げだし、柔道の受け身のように路面を転がった。間一髪で接触は避けられたが、動悸《どうき》は激しくなっている。尻餅をついたまま、すぐには立ちあがれなかった。

ドライバーが慌てて降りてくる。中年のサラリーマン風の男だった。

動転した様子で謝罪の言葉を繰り返している。携帯電話の着信音に気を取られて、歩行者の発見が遅れたらしい。

謝罪を受けている間に、健太はなんとか落ち着きを取り戻す。掠り傷ひとつないのは不幸中の幸いだった。運動神経はそれほどよくないと思っていたが、危険を察知したときは瞬時に体が動くようだ。

念のため互いの連絡先を交換したとき、救急車のサイレンが聞こえてきた。

（なんだか物騒な日だな……）

などと思っていたら、すぐ目の前で救急車がとまった。

人が轢《ひ》かれたと勘違いした目撃者が呼んだらしい。こんなど田舎でも、朝の通勤時間帯なら多少の通行人がいるのだ。

救急隊員に怪我がないことを説明していると、今度は見覚えのあるピンク色のスクーターが猛スピードでやってきた。

「ウチケンっ！」

健太のことをそう呼ぶのは亜希しかいない。亜希は原付から降りると、ヘルメットを被ったまま駆け寄ってくる。黒のタイトスカートのスーツ姿で、茶髪のポニーテイルを揺らしていた。

「ちょっと、大丈夫？」

挨拶もなしに真正面から両肩を掴み、心配そうな顔で覗きこんでくる。

「どうしたんだよ、怖い顔して。あ、怖い顔はいつものこと——」

「ふざけないで！」

いつものように茶化《ちゃか》そうとした健太の言葉を、亜希の怒声が掻き消した。

「あんたが遅刻するのなんて初めてだからおかしいと思ったら、救急車のサイレンが聞こえてきて……。それで、どこ怪我したの？」

怒っているのか心配しているのか、興奮状態でよくわからない。おそらくその両方なのだろう、とにかくすごい剣幕だった。

「ぶつかりそうになっただけで大丈夫だったんだ」

健太が事情を説明すると、亜希はほっとしたように身体から力を抜いた。

事故は起きなかったということで一件落着かと思いきや、亜希は見るみる瞳を潤ませていく。そして、またしても怒りはじめたではないか。

「遅刻してくるなら電話ぐらいしなさいよ！」

「ご、ごめん……」

涙ぐんで怒鳴る亜希の姿を目の当たりにして、健太は胸がどきりと高鳴るのを感じた。本気で心配してくれているのが伝わってくる。思わず抱き締めたくなるが、人前でそんなことをしたら、ますます怒らせてしまうに違いない。

「だいたい電話したのになんで出ないのよ！」

「あ……携帯忘れてきた」

その不用意なひと言で、亜希は目を吊りあげて頬を大きく膨らませた。

「もお、バカっ！」

ついに怒りが沸点に達したらしい。亜希は踵《きびす》を返すと、原付にまたがって走り去ってしまった。

危うく事故に遭《あ》いかけてから一週間が経過していた。しかし、亜希との会話はぎくしゃくしたままだった。

普段どおりに振る舞おうとすればするほど、余計に意識してしまう。以前のように軽口が叩けなくなっていた。一度は受け入れてくれそうだったのに、突然拒絶された理由もわからないままだった。

営業所でデスクワークをしているときはもちろん、外回りをしているときも亜希のことばかり考えている。たまに視線がぶつかると、互いに慌てて視線をそらす。そんなことを繰り返していた。

この日も営業車で各家庭をまわったが、めぼしい成果はあがらなかった。

「ただいま戻りました！」

夜になって帰社すると、いつものように空元気を出して挨拶する。だが、亜希はちらりと視線を向けるだけで素っ気なく返事をするだけだった。

「……お疲れ」

そのひと言が、疲れて戻った健太をますます落ちこませる。以前はしつこくちょっかいをかけてきたのに、最近はこんな調子がつづいていた。

（僕から話しかけないと……）

そう思って、パソコン画面を見つめている亜希に歩み寄ろうとする。そのとき、チーフに声をかけられた。

「内田くん、お疲れ様。ちょっといいかしら？」

貴子は自分の席で、なにやら難しい顔をしている。雰囲気から察するに、いい話ではないようだ。雷を落とされそうな気がして、足早に歩み寄った。

「はい、チーフ」

失敗なら数え切れないほどある。緊張で顔をこわばらせながら背筋を伸ばす。しかし、チーフはことのほか穏やかな口調で話しはじめた。

「あなた、東京に行く気はある？」

「……え？」

「本社から急遽《きゅうきょ》要請があったの。東京で人員不足が発生したから人がほしいんですって。それで、日本一暇そうな営業所に声がかかったってわけ」

貴子は落ち着いた様子で説明していたが、中途半端な時期の異動は不本意なのだろう。最後のほうは本音が出たようで、珍しく自虐的な言葉を漏らした。

「東京……ですか……」

降って湧いたような東京転属の話だった。

以前だったら飛びあがって喜んでいたに違いない。田舎生活が嫌でたまらなかったのだ。しかし、この胸のもやもやはいったいなんだろう。素直に喜ぶことはできなかった。
「本社には一週間後に回答することになってるわ」
今回は急な話なので営業所の都合も考慮して、強制的な異動ではないという。とは
いっても本社からの要請なので、断りづらい雰囲気が漂っていた。
「自分の将来にかかわることだから、よく考えるのよ」
貴子はそれだけ言うと話を打ち切ってしまった。あとは自分で判断しなさいという
ことらしい。
(引き留めてくれないんだ……)
田舎から逃げだしたいと思っていたくせに、チーフのあっさりした態度を目の当た
りにすると淋しくなる。
健太は肩を落として自分の席に戻った。
ちらりと亜希を見やるが、こちらに視線を向けようともしない。チーフと健太のや
りとりを聞いていたはずなのに、まるで気にしていないようだった。
(そうだよな、僕なんて……)
営業の戦力になっていないことは自覚している。それでもこの河幌《かわほろ》営業所の一員に
なれたと思っていた。だが、それはただの自惚《うぬぼ》れだったらしい。貴子が本社の要請に

不満げだったのは、雑用係がいなくなると困るからだろう。

思わず溜め息をつきながら、営業日報のファイルを開いた。

なかなか手が動かず苦心していると、貴子が帰り支度をして立ちあがった。得意先に顔を出してから直帰するという。最近は貴子と亜希がいっしょに帰り、その後に健太が戸締まりをして帰路に就くというのがパターンだった。

「二人とも後のことは頼んだわよ」

貴子は短く告げると、てきぱきとした足取りで出ていってしまう。営業所には健太と亜希の二人だけが残されて、早くも微妙な空気が流れはじめていた。

なにか話しかけようと思いながら、時間だけが過ぎていく。

キーボードを叩くカチカチという無機質な音だけが響いている。貴子が出かけてから三十分以上経つが、二人の間に会話はなかった。

ふいに亜希が立ちあがる。どうやら今日の仕事が終わったらしい。無言で健太の背後を通り抜けて帰ろうとする。この機会を逃したら二度と話せないような気がした。

「亜希っ……」

慌てて立ちあがり、切羽詰まった声で呼びとめる。亜希は黙って振り返るが、表情は不機嫌そのものだった。

想いは伝えたのに相手にされないのだから、もう脈はないのかもしれない。だが、消化不良な部分が残っていて、どうしても諦めきれなかった。

「僕は……亜希のことが」

高まる気持ちをどうすることもできず、思わず肩に手をかけて強引に抱き寄せようとする。しかし、胸板をグッと両手で押し返されてしまった。

「どうせ東京に行く気なんでしょ」

亜希は勝ち気な瞳でにらみつけて、ひとり言のようにぽつりとつぶやいた。

怒っているようでありながら、同時に淋しそうでもある。その問いに健太が答えられずにいると、無言で踵を返し、ポニーテイルを揺らして営業所から出ていってしまった。

(僕はなにをやってるんだ……)

せっかく二人きりになれたのに、さらに距離が離れてしまったような気がする。後悔の念と自己嫌悪が胸の奥に渦巻いていた。

2

二日後、健太はひとり淋しく残業をしていた。

東京転属の件は、まだ答えを出せていなかった。

あれほど東京に帰りたいと思っていたのに、いざ転属となると戸惑ってしまう。北海道で三ヵ月半を過ごして、心境に変化があったのは事実だった。

亜希との関係はぎくしゃくしたままだ。

会話は挨拶と仕事のことだけで、雑談はいっさいしていない。彼女はあからさまに不機嫌で、とてもではないが話しかけられる雰囲気ではなかった。

ようやく営業日報を書き終えると、戸締まりを確認して帰路に就いた。

アパートに帰ってから食事を作るのが面倒で、少し遠回りになるがラーメン屋〝紀龍〟に寄ることにする。チーフにご馳走になり、あの濃厚な味噌がクセになっていた。以来、昼食や夕食によく利用させてもらっているのだ。

「いらっしゃいませ！」

暖簾《のれん》を潜《くぐ》って店内に入った途端、おやじさんが威勢のいい声で迎えてくれる。それだけで元気になれるような気がした。

「こんばんは……って、あれ？」

挨拶しながら何気なく厨房を見やった健太は、思わず目を見開いて固まった。

おやじさんの隣に、いつものおばちゃんだけではなくチーフも立っていた。しかも白い割烹着に三角巾を着けているのだ。

「あら、内田くん。いらっしゃい」

着を着ている。


「チ、チーフ、なにをしてるんですか?」

「見てわからない? 家業の手伝いよ」

貴子はおどけたように微笑むと、その場でくるりと一回転した。

営業所から直接やってきたのだろう。黒のタイトスカートと白いシャツの上に割烹着を着ている。

スカートスーツでビシッと決めたチーフしか知らない健太にとって、その姿はあまりにも新鮮だった。クールな美人というのは、なにを着ても似合うらしい。普通なら野暮《やぼ》ったい割烹着が、厳しい上司を身近な存在に変えていた。

「たまに厨房に入ってるの。言ってなかったかしら?」

仕事を離れた貴子は、明るい表情になっている。新たな魅力を発見して、健太も釣られるように笑みを浮かべていた。

「すごく輝いて見えます」

つい職場では絶対に言わないようなことを口走り、直後に赤面してしまう。

「フフッ……ありがとう。ご注文は?」

「あ……味噌でお願いします」

チーフの意外な姿に見惚れながら、カウンター奥の指定席に腰をおろした。

閉店時間が近づいてるためか、他に客の姿は見当たらなかった。ほどなくして、白い湯気を立ちのぼらせたラーメンどんぶりが運ばれてくる。持ってきてくれたのは貴子だった。

「はい、お待たせしました」

「あ、ありがとうございます」

恐縮しながら頭をさげて、さっそく食べはじめる。いつもながらの濃厚な味噌の風味に唸り、夢中になって太麺を啜っていく。視界の隅で貴子が暖簾をさげている。そして、おやじさんとおばちゃんが、「後は頼むよ」と店から出ていった。

「あれ？　もう閉店時間ですか」

いつまでものんびり食べていたら迷惑だろう。湯気を立てている麺を慌てて頬張ると、案の定、むせ返るほど熱かった。

「熱っ……」

「ほら、慌てない。火傷するわよ」

貴子がお冷やを注ぎ足して、隣の席に腰掛けた。

「今日はわたしが店終いをするから、ゆっくり食べていって」

「はい、ありがとうございます」

氷水で口のなかを冷やして、再び箸を手に取った。

しかし、視線が気になってしまう。隣を見やると、割烹着に三角巾をつけたチーフがにっこり微笑んでいる。いつものクールなイメージではなく、女性らしい柔らかさが感じられた。

これほど綺麗な女性に筆おろしをしてもらったことが誇らしい。だが、もう二度と触れることはできない。人妻である彼女を困らせたくなかった。

二人きりで胸を昂ぶらせながらも、東京転属の件が気になってしまう。あれから催促されていないが、チーフは答えを待っているはずだ。健太は箸を置くと、あらたまって切りだした。

「あの、転属のことなんですけど……。河幌営業所としては僕がいなくても、っていうか……いないほうが……」

自分が必要とされていないことを認めるのは、思いのほかつらい作業だった。しゃべりながら気づいたことがある。あれほど毛嫌いしていた田舎が、それほど嫌ではなくなっていた。というより、未練たっぷりだった。

「自分でもどうしたいのか……チーフたちの邪魔はしたくないし……」

「そんなこと考えてたの」

貴子が静かに口を開いた。怒るわけでもなければ突き放すこともない。ただ、包みこむようなやさしさだけがあった。

「自分で判断しなければ成長できないわよ。わかるでしょう？」

「……はい」

健太はがっくりとうつむき、味噌ラーメンのスープを見つめる。薄く油を張った表面が、照明の光を鈍く反射していた。

「でも、今は勤務時間外だから、わたしの個人的な考えを教えてあげる」

意外な言葉だった。なにを言われるのか想像すると怖いが、これで決心できるかもしれない。健太はそっと顔をあげて、貴子の瞳を見つめた。割烹着姿のせいか、その美貌は柔らかく微笑んでいるようだった。

「ここまで育てたんだもの、残ってほしいに決まってるじゃない」

「……え？」

さらりと放たれた言葉が、胸の奥にじんわりと染み渡る。

厄介者扱いされていると思いこんで、ひとりでいじけていたのだ。健太は思わず涙ぐみそうになり、奥歯を強く嚙み締めた。

「黙っていたのは、あなたが東京に帰りたがってるのをわかっていたから」

貴子がぽつりと付け足した。

どこか残念そうな、それでいて割り切ったような言い方だった。こんな田舎に残るはずがないと思っているのかもしれない。

（東京……。どうして東京にこだわってたのかな？）

それすらもわからなくなっていた。

大学進学を機に生まれ故郷の長野を飛びだし、憧れの大都会に移り住んだ。しかし、そこでいったいなにがあったというのだ。求めていた出会いもなく、バイトに追われる日々だった。

ただ東京に住んでいるというステータスに酔っていただけだ。そのことに気づかされて、気持ちが急速に固まりつつあった。

「チーフ、僕は――」

「今は時間外よ。答えは会社で聞くわ」

決意を秘めた健太の言葉は、貴子にやんわりと遮《さえぎ》られた。

「よく考えてから言葉にすること。これはわたしから内田くんへのアドバイスよ」

あくまでも口調はやさしいが、さすがに的を射《い》ている。

考えなしの突発的な言動は控えなさい。そう諭されたような気がして、健太はなにも言えなくなってしまった。

「ほら、冷めないうちに食べなさい」

微笑を浮かべてうながしてくるチーフは、上司というよりもラーメン屋の綺麗なお姉さんという感じだ。

貴子がいつも店にいるなら、紀龍はもっと繁盛するに違いない。会社で嫌なことがあった日は、彼女の笑顔で癒されたいと思う人が大勢いるだろう。

（でも、チーフが紀龍を継いじゃうと、営業所が困るな）

まだ北海道に残るかどうかもわからないのに、そんなことを考えている自分に苦笑する。健太は箸を手に取ると、絶品の味噌ラーメンを胃袋に収めていった。

「ふぅ……ごちそうさまでした」

どんぶりを両手で持って、スープを全部飲み干した。

満足げな溜め息をつく健太に、貴子が温かい眼差しを向けてくる。職場での厳しい雰囲気とは異なり、今なら雑談にも応じてもらえそうな気がした。

「チーフは亜希さんのこと、よく知ってるんですよね」

さり気ない風を装って切りだしてみる。

亜希が怒っている理由がはっきりしないことには、対処のしようがなかった。もしかしたらチーフになにか話しているかもしれない。そんな可能性に賭けて、探りを入れてみようと思ったのだ。

「そうね。内田くんよりは知ってると思うわ」

「チーフと亜希さんは、プライベートでも付き合いがあるんですか？」

「ええ、亜希ちゃんは妹みたいなものだから」

貴子はとくに疑う様子もなく、さらりと答えた。

「そろそろ恋人でも作ればいいのに。あの子、浮いた話がひとつもないのよね」

「え？　そうなんですか」

あまりにも意外で、思わず聞き返していた。

亜希はいかにも奔放そうで、しかもあれほど可愛いのだ。浮いた話がひとつもないというのは、とても信じられなかった。

「亜希ちゃんのこと、気になるみたいね」

貴子の言葉ではっと我に返る。健太はいつの間にか腕組みをして考えこんでいた。

「あ、いえ……その、気になるっていうか……」

まじまじと顔を覗きこまれて、思わず言葉に詰まってしまう。貴子は内心を見透かしたように、唇の端にうっすらと笑みを浮かべた。

「ずいぶん仲がいいみたいだものね」

からかうように言われて、顔がカッと熱くなる。耳まで上気しているのが鏡を見ないでもわかり、思わずチーフから視線をそらしていた。

「べ、別に、仲なんてよくないですよ」

健太は少しむきになって言い返す。筆おろしをしてもらった貴子に、他の女性との恋愛を冷やかされるのは複雑な気分だった。

「あら、そうなの？」

「そうですよ。最近なんてほとんどしゃべってないんですから」

チーフに怒っても仕方ないのだが、照れ隠しもあって唇を尖らせてしまう。探りを入れるつもりが、いつの間にか愚痴を漏らしていた。

「よくわからないけど、避けられてるんです。この間なんて、けっこういい雰囲気になったのに途中で拒絶されちゃったし」

「なにか理由があるはずなのに、それがどうしてもわからなくて困ってる。そんなところね」

貴子の言葉は核心を突いている。健太は即座にこっくりと頷いていた。

「亜希ちゃんのこと、どう思ってるの？」

ふいに怖いくらい真剣な瞳でまっすぐに見つめられる。

亜希のことを本気で心配しているのだろう。心から幸せを願う気持ちが、痛いほど伝わってきた。

「あの子、ああ見えても純情なのよ」

重大な秘密でも打ち明けるように、貴子が重苦しい雰囲気で口を開く。だが、あまりにも意外な言葉で、瞬時に意味を理解できなかった。

「純情……って？」

ぽかんとして聞き返す。すると貴子は呆れたというように溜め息を漏らした。

「はっきり言わないとわからないかしら？　処女ってことよ」

それは衝撃的な事実だった。元不良少女で生意気な亜希が、まさか処女だとは思いもしない。しかし、いつか挿入寸前で拒絶された理由はこれで説明がつく。

（そうか……そういうことだったのか……）

納得すると同時に、自分の浅はかな言動を反省する。きっと経験済みだと決めつけて接していたのだ。亜希が怒るのは当然のことだろう。

「亜希ちゃんのところが母子家庭だっていうのは知ってるわよね」

幼い頃に両親が離婚したという話は聞いている。健太が小さく頷くと、貴子は静かな口調で話しはじめた。

「実のお父さんはお酒を飲むばかりで仕事をしなかったらしいの。おかげで、お母さんはずいぶん苦労したみたいね」

母子家庭だというのは聞いていたが、父親のことを聞くのは初めてだった。

普段の亜希は小生意気だが元気で明るくて、暗い過去を微塵も感じさせない。だからこそ、事実を聞かされると気分が重くなった。

「あの子、名字で呼ばれるのが嫌いなの。お父さんを思いだすんですって」

そういえば赴任初日に「矢沢さん」と呼んだとき、あからさまに嫌がっていた。気にも留めていなかったが、じつは深い意味が隠されていたのだ。

「そんなお父さんの姿を見てきたせいで、亜希ちゃんは男性に対して不信感を持っているの。どうしても前向きに恋愛できなかったのよ」

貴子は言葉を切ると、あらためて健太の目を覗きこんでくる。そして、まるで懇願するように、微かに瞳を潤ませながら語りかけてきた。

「だから、やさしく導いてあげないとダメよ」

「僕が……亜希を……」

「そう。亜希ちゃんは内田くんみたいにやさしい男性を求めてるの。強がってるけど、本当はか弱い女の子なのよ」

貴子の言うことはよくわかる。だが、自信がなかった。

今までは健太が女性たちに教えてもらっていた。その立場が逆転する。今度は処女の亜希を導いてあげなければならないのだ。

「内田くんが、亜希ちゃんの初めての男の人になるの」

好きになった子がヴァージンなのは喜ぶべきことだろう。初めての男になれるのは、とても光栄だと思う。しかし、健太には経験が足りなかった。

「亜希ちゃんの男性不信を治してあげるのよ」

「僕に……できるかな……」

不安が言葉になって溢れだす。安易に「はい」とは言えなかった。

なにしろ責任は重大だ。万が一、亜希の心を傷つけるようなことになれば、ますます男性不信が深刻化してしまう恐れもあるのだ。

「大丈夫。わたしが教えてあげる」

よほど頼りなく見えたのだろうか。貴子はそう言って瞳を覗きこんできた。

「え……チ、チーフ?」

健太は思わず戸惑いの視線を向けていく。すると、白い割烹着に三角巾を被ったチーフは、小首をかしげるようにして妖艶に微笑んだ。

「最後まで言わないとわからない? 少しは自分で考えなさい」

貴子はいったん店の外に出ると、シャッターを降ろして戻ってきた。

これで外から店内を覗かれることはない。二人きりであることを意識せずにはいられなかった。

3

(本当に……もう一度、チーフと……)

これまで理性の力で抑えこんできた欲望が膨らみはじめる。

亜希のことを忘れたわけではないが、初体験の女性は男にとって特別な存在だ。もう一度セックスできる誘惑に抗うのは至難の業《わざ》だった。

「内田くん、いらっしゃい」

手を引かれて、健太はふらふらと立ちあがる。すると貴子はテーブルのひとつに腰をおろして、そのまま仰向けに寝転がった。

「女の子の悦ばせ方、知りたいでしょう？」

見あげてくるチーフの瞳は、ねっとりと濡れている。健太は生唾を呑みこみながらも、亜希のことを頭に思い浮かべていた。

「チ、チーフ……でも……」

「亜希ちゃんのためよ。初めてのときにやさしく導いて女の悦びを教えてあげれば、きっと男性不信を克服できるわ」

確かに貴子の言うことにも一理ある。今のままでは、ヴァージンの亜希を導くことは難しいだろう。

「男の子でしょう。覚悟を決めなさい」

割烹着のせいだろうか。今日の貴子からは、母性にも似た包容力が感じられる。やさしく叱られると、ちょっと嬉しい気持ちになるから不思議なものだ。

「来て……教えてあげるわ」

テーブルの上で仰向けになった貴子が、そっと両手をひろげる。見慣れたラーメン屋の店内とは思えない、淫靡な空気が漂いはじめていた。

(亜希のためなんだ……)

そう自分に言い聞かせて、貴子の割烹着に包まれた胸に手を伸ばしていく。だが、触れる直前で、手首をそっと摑まれた。

「慌てたらダメ。キスが先よ」

やんわりと言われて、なるほどと納得する。少し考えれば当たり前のことも、今の健太はわかっていなかった。

「亜希ちゃんは処女なんだから、できるだけロマンティックにね。女の子の初めては、すごく大切なのよ」

「は、はい……」

「そんなに緊張しないで。内田くんって真面目ね。だから好きよ」

チーフに「好きよ」などと言われて、健太は耳まで真っ赤に染めあげた。仮にも貴子は人妻だ。お互いにこれ以上の発展は望んでいなかった。

「か、からかわないでくださいよ」

「フフッ。からかってないわ。本当に好きよ」

「チーフ……」

「だから今だけは、わたしのこと一番だと思って抱いて。わたしも内田くんのこと一番だと思って抱かれるわ」

おそらく、これが最後の情交になるだろう。貴子の少し淋しげな表情が、そう告げていた。健太もそのつもりでテーブルの脇に立ち、覆い被さるようにしてそっと唇を重ねていった。

「内田くん……ンンっ」

最初は唇の表面が軽く触れるだけのソフトなキス。それから、チュッ、チュッとついばむような口づけを繰り返し、やがてディープキスへと移行する。

貴子がタイミングを教えるように唇を半開きにしたので、恐るおそる舌を差し入れた。ねっとりと舌と舌を絡め合わせて、互いの唾液を交換する。貴子の口は蕩けるほど甘い味がした。

（ああ、チーフとキスしてるんだ……）

うっとりしていると、手首をそっと摑まれて割烹着の胸へと導かれる。

どうやら、ディープキスの最中に触れるのがベストらしい。すでに昂ぶっている健太は、布地越しに乳肉をぎゅっと握り締めた。

「あンっ……ダメ、強すぎるわ」

貴子が唇を離して小さく首を振った。

「処女の身体はデリケートなの。経験豊富な人妻とは違うのよ。もっと、慈《いつく》しむようにやさしく接しないと。ね、やってみて」

チーフにお姉さん口調で諭される。健太は内心どきりとしながら真顔で頷き、今度は慎重に割烹着の膨らみを揉みしだいた。

「こ、こう……ですか？」

「そう、いいわ。キスも忘れないで……」

貴子が口づけをねだるように、唇を尖らせてくる。健太は乳房をそっと撫でながら、魅惑的な唇を奪った。どちらからともなく舌を絡め合う。貴子は両腕を健太の首にまわし、甘い吐息を吹きこんできた。

「ンンっ……内田くん」

ディープキスの合間に名前を呼ばれるたび、スラックスのなかで肉棒が跳ねまわる。すでに先走り液が溢れて、ボクサーブリーフのなかを濡らしていた。

「次はなにをしてくれるの？」

誘うような瞳で言われると、本能のままに襲いかかりたくなる。しかし、今はレッスンを受けている立場だ。行程を飛ばすわけにはいかなかった。

タイトスカートから覗いている膝を撫でてみる。チーフの顔を見やると、やさしく微笑んで頷いてくれた。どうやら手順としては間違いではないらしい。

少しずつ手のひらを滑らせて、ストッキングに包まれた太腿を愛撫する。化学繊維のなめらかな手触りと、むっちりした肉づきが興奮を誘う。しかし、決して焦ることなく、じっくりとした愛撫を心がけた。

（ああ、チーフの太腿だ……たまらないよ）

健太は鼻息を荒げながら、タイトスカートを脱がしにかかる。割烹着の裾を捲りあげて、ウエストのホックに指をかけた。

「待って……」

そのとき、貴子が静かにストップをかける。健太の暴走を制するように、手の甲にそっと手のひらが重ねられた。

「女の子だけ先に脱がせるのはダメ。好きな人の前で裸になるのは、すごく恥ずかしいのよ。亜希ちゃんは初めてなんだから、とくに気を遣ってあげないと」

「は、はいっ……」

健太は慌てて服を脱いでいく。こういうことは、夢中になるとつい忘れがちになってしまう。経験の少ない男が犯しやすい失敗だ。

少し迷ったがボクサーブリーフも一気におろした。青筋を浮かべていきり勃《た》った男根が剝きだしになり、蒸れたホルモン臭がラーメン屋のなかにひろがった。

「いきなり全部脱がなくても……でも、いいわ」

テーブルの上に仰向けになっている貴子が流し目を送ってくる。その瞳はねっとりと潤んで、まるで勃起に絡みついてくるようだった。

「いつ見ても大きい……」

貴子は溜め息混じりにつぶやくと、「いらっしゃい」と掠れた声で誘ってきた。

男根を見られる羞恥に赤くなりながら、スカートのウエストに手を伸ばす。ホックの外し方を教わり、ヒップを持ちあげてもらって抜き去った。

「下着も、お願い」

ストッキングはくるくると丸めるようにして脱がしていく。生の太腿と純白レースのパンティが露わになると、興奮のあまり眩暈《めまい》がした。

「チーフ、パンティも脱がしていいですか？」

「や……そんなこといちいち聞かないで……」

貴子の声も上擦っている。男の手で裸に剝かれていくことで、期待感を膨らませているのだろうか。

健太は貴子の足もとに立ち、その整った美貌と完璧なプロポーションを眺めまわした。太腿に手のひらを押し当てると、むちむちの肉づきを楽しむ。そして徐々に指先をすべらせて、パンティのウエストにそっとかけた。

しかし、すぐには脱がさず、布地と柔肌の境目をジワジワとなぞってみる。

「あっ、内田くん……ンンっ」

貴子が戸惑ったような声を漏らして身を捩った。

脱がしながら愛撫できれば、女性を悦ばせることができるのではないか。教えられるだけではなく、自分でも考えようとした結果だった。

「こういうの、ダメですか？」

「ダメ……じゃないわ」

三角巾を被ったチーフが、濡れた瞳で見つめてきた。

割烹着の裾を捲りあげてパンティ一枚の下半身を剝きだしにしている。普段の凜々《りり》しいスーツ姿とは異なり、素の部分が露呈しているように感じられた。

「内田くんが自分で思うように……好きなようにして」

貴子はもどかしげに内腿を擦り合わせて、心なしか呼吸を乱している。多少なりとも感じている証拠かもしれない。

気をよくした健太は、パンティのウエストゴムを摘んではパチンッと弾いて、チーフの反応を観察した。

「や……早く脱がして」

「さっきは好きにしていいって言ったじゃないですか」

「でも……やっぱり恥ずかしいわ」

貴子が瞳で懇願してくる。あの冷静沈着な女上司が、下着を脱がしてほしいと頼んでいるのだ。これほど興奮を掻きたてる願いは無視できない。健太も決して余裕があるわけではなかった。

「ぬ、脱がしますよ」

ついにパンティをじりじりとおろしていく。ぷっくりと膨らんだ恥丘が徐々に露わになり、鬱蒼《うっそう》と茂る陰毛が溢れだしてきた。

「チーフのここ、いつ見ても濃くていやらしいですね」

健太は恥丘を半分ほど露出させると、パンティをおろす手を途中でとめる。そして両手の指先で恥毛を弄《いじ》りまわした。恥丘を撫でるようにしながら、そのさわさわとした感触を存分に楽しむのだ。

「ああ、いやよ……悪戯《いたずら》しないで」

よほど恥ずかしいのか、貴子は顔を真っ赤にして身悶えする。普段は決して見ることのできない厳しい女上司の弱々しい姿だ。日常とのギャップが大きければ大きいほど、牡の劣情が煽《あお》りたてられた。

貴子の股間に顔を近づけると、陰毛にフーッと息を吹きかける。すると密生した剛毛が震えて、柔らかい内腿がさらに強く擦り合わされた。

「あンっ……内田くん、もう……」

「僕は好きですよ。チーフのここの毛。濃い方が魅力的ですよ」

「そ、そう？　わたしは恥ずかしいんだけど……」

貴子は消え入りそうな声でつぶやき顔を背ける。しかし、思い直したように言葉を継ぎ足した。

「コンプレックスを褒めてあげることも必要かもしれないわね。逆効果の場合もあるから難しいけど……。亜希ちゃんは、わたしと似てるかもしれないわ」

貴子の場合は悦んでいるようなので、亜希にも同じように接しようと思う。きっと口では怒りながらも、照れて顔を真っ赤にするに違いない。

健太は彼女のアドバイスに感謝しつつ、パンティをおろしてつま先から抜き去った。

チーフが下半身剝きだしで、テーブルの上に仰向けになっている。自分の実家であるラーメン屋の店内で、淫らな格好を曝す気分はどうだろう。

しかも、スーツという鎧《よろい》ではなく割烹着に三角巾というスタイルだ。昼間のように気を張る必要がない分、女の本性が露わになっているらしい。それを証明するかのように、パンティの股布はぐっしょりと濡れていた。

（チーフも興奮してるんだ……）

そう思うと、なおのこと頭に血が昇っていく。

健太の男根はこれでもかと屹立し、先端から透明な涎《よだれ》を滴らせていた。飛びかかりたい気持ちを抑えて小さく深呼吸すると、チーフの膝に手を置いてじわじわと割り開きにかかった。

「ああ、内田くん……」

恥ずかしそうにつぶやくが、貴子は抗うことなく下肢を開いていく。耳まで染めて照れながらも、さらなる愛撫を求めていた。

「もっと気持ちよくしてあげます……もっと感じてもらいたいんです」

健太は鼻息を荒げてつぶやき、剝きだしの下肢に覆い被さった。濡れそぼった陰唇を覗きこみ、心が昂ぶるまま唇をクチュッと押しつけていく。

「あっ……ダメ……」

貴子が小さな声を漏らし、内腿を微かに震わせる。敏感な反応を示してくれると嬉しくなり、健太はさらに舌を伸ばして淫裂を舐めあげた。

(こんなに濡らしてるなんて、あのチーフが……)

舌先に感じるヌメリとチーズのような芳香にうっとりとなる。つい舌の動きが激しくなり、貴子の身体がピクッと揺れた。感じているのは明らかで、愛蜜の量は増える一方だった。

「そっとよ……できるだけやさしくして……」

レクチャーする声も濡れている。貴子は下肢をしどけなく開き、口唇愛撫を完全に受け入れていた。

健太は舌先を伸ばし、慎重に淫裂を舐めあげる。触れるか触れないかの微妙なタッチで、感じやすい女の割れ目に快感を送りこんでいった。

「ン……いいわ、上手よ」

ときおり貴子が鼻にかかった声を漏らす。少しずつ愛撫を加速させて、淫裂の上端にある肉芽をぬるりと舐めあげた。

「あうっ、そこはダメっ」

クリトリスはとくに敏感なので、刺激が強すぎたのかもしれない。腰がビクンッと跳ねあがり、慌てて愛撫を中断した。

もっと弱い方がいいのだろうか。そう思ったとき、貴子が両手を股間に伸ばし、健太の頭を抱えこんできた。

「え……チーフ？」

「女の子が感じていたら、途中でやめないこと。〝いや〟とか〝ダメ〟っていう言葉を鵜呑《うの》みにしないで」

髪のなかに指を差しいれて、狂おしく掻きまわしてくる。顔を股間に引きつけると、小声で「つづけて」とつぶやいた。

健太は野良犬のように鼻息を荒げて、チーフの淫裂にむしゃぶりついていった。途中で何度も「もっとやさしく」と注意されたが、興奮のあまりすぐに激しくなってしまう。溢れてくる愛蜜を啜り飲み、口のまわりはベタベタになっていた。

「内田くん、そんなに慌てないで……ああンっ」

貴子も昂ぶっているらしく、悩ましい声をひっきりなしに漏らしている。クリトリスも硬く勃起して、舌を躍らせるたびに愛蜜を弾けさせていた。

そんなことを繰り返しているうちに、我慢の限界が近づいてくる。カウパー汁にまみれたペニスが、媚肉を求めてヒクついていた。

「チ、チーフ……僕、もう……」

クンニリングスを中断して、許可を求めるように語りかける。女の子の悦ばせ方を教えてもらうという本来の目的は、すでに頭の片隅に追いやられていた。

「慌てないで。お返ししてあげる」

貴子は身を起こしてテーブルから下りると、健太の前にしゃがみこんだ。そして陰茎の根元に指を絡めて、躊躇することなく亀頭にむしゃぶりついてきた。

「うわっ、き、気持ち……くううっ」

いきなりのフェラチオに射精感がこみあげる。健太は奥歯をギリギリと嚙み、尻の穴に力をこめた。

あのクールなチーフの舌が、飴玉をしゃぶるように亀頭をヌルリと舐めまわす。先走り液を卑猥に啜りあげては、カリ首のあたりをくすぐってくる。さらには奥までぱつくりと咥えこみ、唇で締めつけながら強烈に吸引したりするのだ。

「そんな、ダ、ダメです……それ以上は……」

「出ちゃいそう？　透明なお汁がいっぱい溢れてるわ」

貴子はようやくフェラチオを中断すると、口もとを指先で拭いながら悪戯っぽく見あげてくる。そして再びテーブルに腰掛けて、しどけなく横たわった。

「内田くん、来て……最後まで教えてあげる」

貴子の呼吸も乱れている。あくまでもレクチャーを装っているが、悩ましく腰をくねらせて男根の挿入を待ち望んでいるのだ。

健太は迷うことなく、テーブルの端から垂れた貴子の脚の間に腰を割りこませる。そして割烹着の腰を摑み、濡れそぼった陰唇に亀頭を押し当てた。

「ンっ……初体験はすごく怖いの。だから、できるだけゆっくり挿《い》れてあげて」

「こう、ですか？　ううっ……チーフのなか、あったかい」

貴子の濡れた声を聞きながら、まるで処女を犯すようにじわじわと腰を押し進めていく。途端に生温かい媚肉が、男根をねっとりと包みこんでくる。早くも蕩けそうな快感がひろがり、思わず呻き声が溢れだした。

「そうよ、ゆっくり……痛がるようだったら声をかけてあげて……あンンっ」

貴子の唇からも、艶っぽい喘ぎ声が漏れている。落ち着いた口調とは裏腹に、陰唇は卑猥に蠢いて肉竿に絡みついていた。

健太は一気に突きこみたいのをこらえて、スローペースで挿入していく。そうすることで、なおのこと興奮が膨れあがっていた。

ようやく肉棒が根元まで収まると、それだけで濃厚な先走り液が溢れだす。股間がぴったり密着し、陰毛同士が擦れ合う感覚がたまらない。貴子も両手を伸ばして、健太の腰をいやらしく撫でまわしてきた。

「全部、入りました……う、動いてもいいですか？」

「いいわ、ゆっくりよ……女の子が痛がらないように、ゆっくり……」

貴子はそう言いながらも、腰を卑猥にしゃくりあげてくる。膣襞も意志を持った生物のように蠢いて、男根をクチュクチュと食い締めていた。

「くぅっ……な、なかが動いてます」

健太は唸りながら腰をゆっくりと振りはじめる。少しでもスピードをあげれば、あっという間に達してしまいそうだ。

「ま、まだ……まだ出すもんか……くううっ」

おそらく、これがチーフとの最後の交わりになるだろう。一秒でも長く繋がり、快感を味わっていたい。一生忘れないような最高の思い出を作りたかった。

じわじわと引き抜いては再び根元まで押しこんでいく。超スローペースの抽送だが、それでも瞬く間に性感が追いこまれていた。

「くっ……そんなに締められたら」

「締めてなんかないわ……あンっ、内田くんが逞しすぎるから」

昂ぶっているのは貴子もいっしょのようだ。

鋭角的なカリで膣襞を擦られるたびに腰を揺すり、青筋を浮かべた太幹が押しこまれるたびに背筋をのけ反らせた。

「僕……チーフのこと、大好きです」

健太は腰をねちねちと使いながら、感極まって口走った。

今この瞬間、貴子のことが愛しくてならない。だが、この想いが儚《はかな》いものだということもわかっている。刹那《せつな》的な快楽だからこそ、この時間を大切にしたかった。

「内田くん、嬉しい……」

貴子は瞳を潤ませてつぶやくと、仰向けの状態で割烹着を脱ごうとする。健太も手を貸して頭から抜き取り、つづいてシャツとブラジャーも取り去った。

これで貴子が身に着けているのは白い三角巾だけだ。日頃の彼女からは考えられない姿に、なんともいえない背徳感を覚える。露わになった張りのある乳房は、愛撫をねだるようにプルルンッと揺れていた。

「すごく綺麗です、チーフのおっぱい」

そっと手を伸ばして美乳をやさしく揉みあげる。その柔らかさに新たな興奮がこみあげて、男根の抜き差しを再開させた。結合部はぐっしょりと濡れており、愛蜜の弾けるクチュクチュという音が響き渡った。

「ああンっ……いいわ、上手よ」

貴子が潤んだ瞳で見つめてくる。その魅惑的な唇から漏れる喘ぎが劣情を刺激する。

「僕もすごく気持ちいいです……ああ、チーフっ」

健太は奥歯を食い縛り、大きなストロークで男根を出し入れする。乳房を揉みしだきながら、あくまでも超低速の抽送だ。この夢のような快楽を長持ちさせたくて、焦れるようなゆっくりとしたスピードでピストンをつづけた。

「あっ……あっ……内田くんっ」

貴子の唇から切れぎれの喘ぎ声が溢れだす。眉を八の字に歪めて、なにかを訴えるような視線を向けてくる。くびれた腰をもじつかせながら、蜜壺をたまらなそうに収縮させていた。

「絡みついてくるみたいです。チ×ポが締めつけられて……うぅっ」

こみあげてくる射精感を懸命に抑えこみ、チーフの尖り勃った乳首を指先で摘みあげる。濃いピンク色の突起は、グミのような柔らかさと弾力を共存させていた。

「あっ……そ、そこは……」

やさしく乳首を転がすと、膣の締まりがいっそう強くなる。それでも健太はゆったりと腰を振った。

「やンっ、いやらしいわ……どうして、こんなに上手になったの？」

貴子の目もとは赤く染まっている。もしかしたら、かなり性感が揺らいでいるのかもしれない。両手を健太の尻にまわし、しっかりと抱えこんできた。

「ねえ、もう……ああっ、もう……」

少しずつ乱れはじめた貴子の声を聞きながら、健太は辛抱強くスローペースの抽送をつづけていた。

「ずっとこうしていたいんです……ううっ、離れたくないんです」

亀頭が抜け落ちる寸前まで腰を引き、じわじわと根元まで埋没させる。それを休むことなく延々と繰り返す。すると、貴子の裸体にぶるるっと痙攣が走った。

「あああっ、内田くん……お願いだから、もっとしてっ」

焦燥感に駆られていたらしい。唇からさらなる抽送をねだる言葉が飛びだした。

「ねえ、もう我慢できないの……ああっ、お願いよ」

「チ、チーフっ……僕も、もう……」

健太もこれ以上我慢できそうになかった。くびれた腰を鷲摑みにすると、一気にテンポアップしたピストンを繰りだした。欲望のままに男根を抽送させて、媚肉のなかを掻きまわしていく。

「あッ、い、いいっ……ああッ、激しいっ」

貴子の喘ぎ声が高まり、蜜壺の締まりが強烈になる。今にも亀頭が食い千切られそうなほどの凄まじい膣圧だ。

「うおおッ……ぼ、僕も気持ちいいです、チーフっ」

「やンっ、貴子って呼んで……あッ……あッ……内田くんっ」

「た、貴子さん……くううッ、貴子さんっ」

互いの名前を呼び合うことで、さらに快感が高まっていく。腰振りのスピードは最高速に達し、絶頂感が猛烈に迫ってくるのを感じていた。

「も、もうすぐ……ううッ、もうすぐ出しますよっ」

「いっしょに、ああああッ……イクときはいっしょにっ」

貴子も限界が近づいているのだろう、切羽詰まった声で訴えてきた。両脚を健太の腰に巻きつけて、男根をさらに奥まで迎え入れようとするのだ。

「くううッ、貴子さんっ、僕はもう……もう出ちゃいますっ」

「ああッ、内田くんっ、いいわ、出してっ、わたしのなかに出してぇっ」

健太の呻き声と貴子の喘ぎ声が交錯する。息を合わせて腰を振りたくり、二人同時に絶頂への階段を駆けあがっていく。蕩けそうな快楽のなか、ついに媚肉に包まれた男根が激しく脈動して欲望を解き放った。

「おおおおッ、で、出るっ、貴子さんっ、うおおおおッ！」

「あうぅッ、内田くんっ、すごいっ、あッ、ああッ、もうおかしくなりそう、わたしもイキそうっ、あああッ、イクイクっ、イッちゃううぅッ！」

貴子のあられもないよがり啼きが、閉店後のラーメン屋に響き渡る。健太もドクドクとザーメンを注ぎこみ、上司の膣肉の感触を心ゆくまで堪能した。

執拗に腰を振りつづけて、いつまでもアクメの余韻のなかを漂いつづける。

乱れていた呼吸が整ってきたのは、ずいぶん時間が経ってからだった。それでも二人は性器を繋げたままで、しっかりと抱き合っていた。

「内田くん……すごかったわ」

先に口を開いたのは貴子だった。静かな声で褒めてくれる。うっとりとした口調には満足感が滲んでいた。

「これなら亜希ちゃんを悦ばせてあげられるわ。あとは自分で考えることね」

貴子はそう言って、やさしく頭を撫でてくれる。

「チーフ……ありがとうございました」

思わず声が震えてしまう。感謝の気持ちで胸がいっぱいになり、健太は思わず双眸を潤ませていた。

第六章　はじらいの草原

1

早いもので、もうすぐ八月も終わろうとしている。過ぎ去っていく夏を見送るのは、何度経験しても淋しいものだ。

今日は休日だが、健太は朝から落ち着かなかった。

昨日のうちにチーフに事情を説明して営業車を借りていた。その車を朝から隅々まで洗車したり、知り合いの所に出かけてちょっとした頼み事をしたり、後で使う物を買いに行ったりと忙しく過ごした。

東京転属の件は、明日が本社への回答期限だ。

健太の気持ちは固まっている。だが、今日の計画が上手くいかなければ、意志に関係なくいられなくなる可能性もあるだろう。

夕方になり、クリーニングに出しておいた服に着替えた。

北海道に来たときに着ていた紺色のスーツだ。田舎暮らしが嫌で仕方なかった健太は、彼女との出会いで暗い気分を紛《まぎ》らわすことができた。いかにも新人っぽいと小馬鹿にされたスーツで初心に戻り、素直な気持ちを伝えるつもりだ。

（亜希、僕はキミのことが……）

なぜか最初から妙に馬が合った。まるで幼馴染みのような気がして安心できた。いがみ合ったり、笑い合ったりするうちに、さらに気持ちが馴染んでいった。

その間、多くの人妻たちと知り合い、肌を重ねた。

職場の上司である貴子、初めて車を買ってくれた酪農家のふみえ、夫の転勤で北海道にやってきた由真、そして温泉宿の女将、智恵子……。

素晴らしい女性たちと、めくるめく体験をした。だからこそ、一番大切な女性の存在に気づけたのかもしれない。

彼女たちも健太とかかわってから、すっかり運気が変わったと聞いている。

セックスレスや夫の消極的なセックスが彼女たちの悩みだった。しかし、健太との一件で、女から誘うことを覚えたらしい。夫は積極的になった妻に驚きながらも発奮するという。夫婦円満の秘訣は、妻の誘い方にあるのかもしれない。

いずれにせよ、彼女たちはもう健太を必要としていなかった。今度は健太が、自分に必要な女性を捕まえるのだ。

アパートを出ると、車を走らせて〝紀龍〟に向かう。駐車場で気持ちを落ち着かせてから、通い慣れたラーメン屋の暖簾を潜った。

「いらっしゃいませ」

威勢のいい声は貴子だ。割烹着姿で三角巾を被り、厨房で洗い物をしている。休日はたまに手伝いをするらしいが、今日は健太のためにここにいるのだ。

店内を見まわすと、他に客の姿は見当たらなかった。

おやじさんとおばちゃん――貴子の両親は事情を知っているのか、奥に引っこんでいた。客が健太だとわかっていて顔を見せないのだろう。

「チーフ、ありがとうございます」

健太はあらたまって頭をさげた。

貴子には筆おろしをしてもらったうえに、処女との接し方をレクチャーしてもらった。さらには今回の計画にも協力してもらったのだ。

「内田くん、応援してるわよ」

貴子に元気づけられて、健太はいつものカウンター席に腰をおろした。

もうすぐ約束の夕方六時だ。

そのとき、遠くからエンジン音が近づいてきた。窓ガラスの向こうに、ピンク色のスクーターが見える。運転しているのは私服姿の亜希だった。

デニム地のミニスカートに真っ赤なTシャツ、黒とシルバーのスカジャンを羽織り、素足にスニーカーを履いている。茶色のポニーテイルに半キャップをちょこんと乗せた姿は、どこからどう見ても田舎のヤンキーだ。

貴子と約束した六時きっかりに、亜希は紀龍の店内に足を踏み入れた。

「こんばんは——あっ」

厨房に向かって挨拶しようとした亜希が固まった。その視線はカウンター席に座っている健太を捕らえていた。

「ど、どうして、ウチケンがいるのよ！」

まるで動揺を隠そうとするように、いきなり怒鳴り散らしてくる。眼光鋭くにらみつけてくるが、いつもの迫力はなかった。

それもそのはず、今日の亜希はメイクをしていないのだ。貴子に誘われてラーメンを食べに来ただけなので、無防備に素顔を晒《さら》していた。当然ながら、あのきつめのアイシャドウも引いていなかった。

（やっぱり、可愛い……）

健太は思わず言葉を失ってしまう。以前から気づいてはいたが、こうして目の当たりにすることで胸の鼓動が高まっていた。

二十歳の亜希はすっぴんのほうが断然可愛かった。

肌は透きとおるように白くなめらかで、唇はさくらんぼのようにプルンッとしている。そして、なにより純情そうな大きな瞳に惹きつけられた。

「あたしは貴子さんに招待されたんだからねっ」

亜希は顎をツンと跳ねあげてポニーテイルを揺らし、偉そうに腕組みをする。だが、ここで出会ったのは偶然ではない。まともに誘っても来るはずがないので、貴子に頼んで呼びだしてもらったのだ。

「貴子さんに呼ばれてないんでしょ？　どうしてあんたがいるのよっ」

相変わらずメチャクチャなことを言っている。最近は避けられることが多かったので、こうやって理不尽に怒る彼女を見るのは久しぶりだった。

いつもなら売り言葉に買い言葉で、健太も応戦しているところだ。しかし、すっぴんの愛らしい亜希を見ていると、緊張していたことも忘れてついつい口もとがほころんでしまう。

「ちょっと、なに笑ってるのよ！」

亜希は目の前まで迫り、ぱっちりした瞳でにらんでくる。そのとき、見かねたようにカウンターの向こうから貴子が声をかけた。

「亜希ちゃん……」

柔らかくフフッと微笑み、三角巾の頭を微かに傾ける。懸命に強がっている亜希を放っておけなかったのだろう。

「そんなに怒ったら、可愛い顔が台無しよ」

貴子がやさしく囁きかけると、亜希の唇が「あっ」と発音するときの形に開いて硬直した。

「貴子さん、先に言ってくださいよぉ」

ようやく化粧していないことを思いだしたのか、不満げな声で訴える。そして、健太に視線を向けると、一瞬にして顔を真っ赤に染めあげた。

「ウ、ウチケン……見るなっ！」

すっぴんの素顔を見られたことで、照れながら怒りだす。しかし、スカジャンのポケットに両手を突っこみながらも、目を合わせることができずに顔を背けていた。

いつも強がっているが、本当は繊細で傷つきやすい性格だ。父親に捨てられたことがトラウマになり、男に不信感を抱いている。恋愛に対して臆病になっているのだが、本人は決してそれを認めないだろう。

母子家庭で育った亜希は、虚勢を張ることでナイーブな心を守ってきたのだ。そんな亜希のことが、抱き締めたくなるほど愛おしかった。

（せめて僕の前では、ありのままの亜希で……）

必要以上に強がる癖から解放してあげたい。普通の女の子としての幸せを味わわせてあげたい。楽しいことをたくさん経験させてあげたい。そんな思いが次から次へと溢れだしてくる。

「見るなって言ってるでしょっ。いい加減にしないと――え？」

健太は椅子から立ちあがり、亜希にぐっと歩み寄った。そして真正面から瞳をじっと見つめていく。

「な、なによ……まさか、あたしに喧嘩売るつもりじゃ……」

「亜希、大事な話があるんだ」

心臓が口から飛びだしそうなほど緊張したが、上手く言えたと思う。亜希はきょとんとした顔で見あげて、一拍置いてからおどおどと視線をそらした。

「な、なに言ってるの？　あたしは話なんて……」

「いっしょに来てくれ」

健太はいきなり亜希の手首を摑み、そのまま有無を言わせず引きずっていく。押し問答をしていても埒《らち》が明かない。強引に連れだすのも計画のうちだった。

「ちょ、ちょっと……貴子さんっ」

困惑した亜希がカウンターに向かって助けを求める。だが、すべてを承知している貴子はにっこり笑って手を振った。

「亜希ちゃん、いってらっしゃい。内田くん、運転気をつけてね」

声援を背に受けながら、亜希を店の外に引っぱりだす。そして、ピカピカに磨きあげた営業車の助手席に押しこんだ。健太も素早く運転席に乗りこみ、とにかく車を発進させた。

「亜希に聞いてもらいたいことがあるんだ」

健太はハンドルを握りながら、ちらりと助手席を見やった。あどけなさを残す亜希の横顔が、沈みゆく夕日を受けて茜《あかね》色に染まっていた。

「貴子さんまで巻きこんで、あたしのこと騙すなんて信じらんない」

「そのことは謝るよ。でも、こうでもしないと来てくれなかったろう？」

「どこに行くつもりよ。言っとくけど、あたしは話なんてないからね」

亜希はふて腐れたようにつぶやくが、無理やり車から降りようとはしなかった。だらしなく助手席にもたれて、窓外の景色をつまらなそうに眺めている。夕日に染められた田舎町が、眩《まばゆ》いばかりのオレンジ色に輝いていた。

「ありがとう。来てくれて」

「……バカじゃないの」

強引さに呆れているのか、それとも面倒になったのか。亜希は意外なことに大人しく、今はただむっつりと黙りこんでいた。

（僕のこと、どう思ってるのかな……）

亜希がなにを考えているのか読めなかった。

いつものように文句を言ってくることもなければ、にらみつけてくることもないのだ。相手にするのも嫌になってしまったのではないか。そんな漠然とした不安がひろがるが、それでも熱い想いを伝えるために車を走らせた。

ゆるやかな坂をゆっくりと登っていく。すでに周囲には建物がなく、牧草地帯だけがひろがっていた。

重森牧場に向かう脇道を曲がり、さらに奥まで進んでいく。この時間はすでに放牧が終わっているので、牛の姿を見ることはなかった。

ここを初めて訪れたときは、北海道にまったく馴染めていなかった。東京が恋しくて仕方のない頃だったが、ふみえに出会ったことで気分的に救われたのだ。

突き当たりにある牛舎の前で車を停める。エンジンを切ると、途端に緊張感が高まってきた。

2

「ここって人の家じゃないの？」

それまで黙っていた亜希が、不安そうな声で尋ねてきた。

確かに脇道から私道となっており、すでに重森牧場の敷地内だ。だが、昼間のうちに訪れて、ふみえに立ち入りの許可をもらっていた。

「大丈夫だよ。ここの牧場の人は知り合いだから、お願いしてある。今日はもう僕らしか入ってこないよ」

健太は不審がられないようにさらりと答える。

思い返せば、健太から初めて車を買ってくれたのがふみえだった。そして牛舎の隣に見える納屋で肌を重ねたのだ。そのうえ、今回の図々しい頼みを聞き入れてくれたことを心から感謝している。ふみえには一生頭があがらないだろう。

「景色がいいから、少し歩こうか」

健太は車から降りると、助手席側にまわって恭《うやうや》しくドアを開けた。

「な、なに、その態度……ヘンなこと企んでるんじゃないの？」

亜希は訝るように言いながら車を降りる。だが、躊躇する様子もなく、健太の後につづいて歩きはじめた。

「どこまで連れていく気？」

「すぐそこだよ。いつか亜希といっしょに来れたらいいなと思ってたんだ」

「あたし……と？」

亜希の戸惑った様子が伝わってくる。その声音には若干の緊張が感じられた。

「そうだよ。特別な子と二人で来たかったんだ」

健太の声も掠れている。だが、どうしてもこれだけは言っておきたかった。他の誰でもない、亜希といっしょに訪れると決めていたのだ。

「な……なにそれ……。つまらない場所だったら、承知しないから」

文句を言いながらもついてくる。口の悪さは相変わらずだが、いつもの切れは感じられない。そして、またしても黙りこんでしまった。

西の空は茜色だが、すでにあたりは薄暗くなっている。足もとに気をつけろよと言おうとしたとき、亜希がつまずきそうになってバランスを崩した。

「きゃっ!」

「おっと危ない」

反射的に手を差し伸べると、亜希は思わずといった感じで摑まった。

「だ……大丈夫か?」

「う……ん……」

手と手を握り合ったまま、互いの視線が交錯する。亜希の頬が赤く染まって見えたのは、夕日のせいだけではないだろう。咄嗟に女の子らしい悲鳴をあげてしまったのが恥ずかしかったのかもしれない。

早く手を離さないと、ひっぱたかれそうな気がする。だが、もう少しこのままでいたかった。無意識のうちに強く握ると、亜希は驚いたように肩を竦ませた。

「ちょっ……ウチケン……」

「あ……ご、ごめん」

はっと我に返り、慌てて謝罪する。すぐに手を離そうとしたとき、今度は亜希が指を絡めてきた。

「え……？」

「ちゃんと摑んでて……こんなとこに連れてきて、また転ぶかもしれないでしょ」

そっぽを向いてつぶやいたのは、きっと照れ隠しに違いない。健太は抱き締めたい衝動に駆られながら、亜希の手をしっかりと握り返した。

「絶対に離さないから大丈夫だよ」

普段なら赤面するようなクサい台詞も、なぜか今はさらりと口にできる。亜希も怒ることなく受けとめてくれた。

健太は緊張しながら亜希の手を引き、昼間のうちに下見をしておいた牧草地に入っていった。

牛を運動させるための放牧地は糞がたくさん落ちている。しかし、飼料にする草を育成している牧草地は、牛を入れないので綺麗だった。

健太は適当な場所を選び、亜希と並んで草の上に腰をおろした。

目の前にひろがる広大な草原を眺めていると、心が解放されるような気がする。失敗など気にせず、気持ちをしっかり伝えようとあらためて思った。

「もう日が落ちそうだな。ここ、いいところだろう」

珍しく亜希が黙っているので、健太から声をかけてみる。亜希は「うん」と小さく答えると、その後は茜色が消えかかっている西の空をじっと見つめつづけていた。

静かに黙っていると、儚げな雰囲気を漂わせる正真正銘の美少女だ。

緑のなかで体育座りをして膝を抱えている。化粧をしていない素顔は、目もとに幼さが残っていて愛らしい。デニムのミニスカートから覗く太腿はむちむちで、北国育ち特有の肌の白さが際立っていた。

草原をゆるやかに吹き抜ける風が、ポニーテイルを微かに揺らしている。沈んでいく夕日を見つめる瞳は、生意気な態度とは裏腹に純粋そのものだった。

(亜希……僕はキミのことが……)

日が完全に落ちる前に、彼女の姿を目に焼きつけておきたい。そんな思いから、その横顔をじっと見つめつづけた。

「ウチケン……」

亜希がぽつりとつぶやく。視線に気づいて怒りだすのかと思ったが、前を向いたまま穏やかな口調でしゃべりだした。

「初めて会ったときも、そのスーツだったよね」

「え……覚えてるのか？」

「わかるよ。ダッサいもん。いかにも新米って感じで」

亜希は遠くを見つめて、くすっと小さく笑った。

彼女がこんなふうに笑うのは初めてかもしれない。健太も釣られて口もとをほころばせた。

「ところでさ、ウチケン」

「ん、なに？」

「さっきから、なに人の顔じろじろ見てるの？」

亜希はいきなり顔を向けると、まっすぐに見つめてくる。気を抜いていたので、健太は思わず言葉につまってしまった。

「あ……い、いや、その……」

以前にも似たようなことがあった気がする。とにかく、ここで機嫌を損ねられたら計画は台無しだった。

「か……可愛いなと思って」

追い詰められて口にした直後、記憶がよみがえってきた。

これは初めて会ったときと同じパターンだ。この紺色のスーツを着て、亜希の機嫌を取るのに必死だった。あのときの亜希は、まるで噴火直前の火山みたいに顔を真っ赤にしていた。

だが、今は照れたような笑みを浮かべて視線をそらしていく。そして体育座りの姿勢で、引き寄せた膝に小さな顎をちょこんと乗せた。

いつの間にか日が落ちて、急速に闇が濃くなっていく。ふみえの自宅から漏れてくる微かな光だけが頼りだ。空を見あげると、早くも星が瞬きはじめていた。そろそろ本題に入ってもいい頃合いだろう。

「亜希……いつかちゃんと言わなくちゃって思ってたんだ」

うっすらと見える亜希の横顔から緊張が伝わってくる。健太は小さく息を吐きだすと、誠意をこめて静かに語りかけた。

「キミのことが好きだ」

飾らないストレートな言葉で気持ちを表現する。考えていたわけではないが、自然と溢れだした言葉だった。

「浮ついた気持ちじゃない。こんなに人のことを好きになったのは初めてなんだ。どうか、僕と付き合ってほしい」

答えを聞くのは正直怖い。だが、真剣な想いは伝わったと思う。暗闇のなかで亜希のシルエットが、わずかに身じろぎするのがわかった。

「あたし……ウチケンが思ってるような女の子じゃないかもよ？」

その声は消え入りそうなほど小さい。自信なさげで、今にも泣きだしてしまいそうな雰囲気があった。

「大丈夫、家のこととかチーフから全部聞いてるから。あ、誤解するなよ。僕が無理やりチーフから聞きだしたんだからな」

「それなのに……あたしを？」

よほど不安なのだろう。声が微かに震えていた。

「当たり前じゃないか。すべてをひっくるめて亜希のことが好きなんだ」

男らしくきっぱりと言い切った。

だが、亜希はなにも答えてくれない。すでに周囲は真っ暗になっており、彼女の表情を確認することはできなかった。

（ダメ、なのか？）

重苦しい沈黙が流れる。

思いの丈を伝えることができれば、結果はどうなっても構わない。そんな考えは綺麗事だ。好きな子とは、なにがなんでも結ばれたい。

（亜希……大好きなんだ！）

健太は心のなかで必死に祈った。亜希がイエスと言ってくれるように、全身全霊で念力を送りつづけた。

「……嬉しい。あたしも、ウチケンのこと……」

耳を澄ましていないと聞こえないような小さな声だった。

もしかしたら泣いているのかもしれない。鼻を啜るような音も聞こえていた。亜希はいったん言葉を切ると、スーッと息を吸いこんだ。

「けど……男の人のこと、よくわからないから……」

「経験がないんだろう」

「え？　う、うん……」

そこまで知っていることが意外だったのかもしれない。亜希は困惑した様子だったが、ヴァージンである事実を隠そうとはしなかった。

「僕が教えてあげるから心配しなくていいよ」

驚かせないように、できるだけ静かにスカジャンの肩に触れる。それでも亜希は身体をピクッと震わせた。

「ウ、ウチケン？」

「動かないで……」

両肩に手を置き、ゆっくりと顔を近づけていく。わずかな光があるので、目の前まで迫れば表情が確認できる。やはり亜希は瞳を潤ませていた。

「なに泣いてんだよ」

「泣いてない……。泣いてるとしたら、ウチケンのせいだからね……」

「わかった。僕が責任をとるよ」

そっと唇を重ねると、亜希は微かに顔を上向かせた。ぷるんっとした唇の柔らかさに、胸の鼓動が一気に高まった。

(やった。僕を受け入れてくれたんだ……)

嬉しさがこみあげてくるが、冷静さを失ってはいけないと自戒する。

前回はそれで失敗しているのだ。亜希は一見奔放なようだが、じつは初心な少女だということを忘れてはならない。

「亜希、もしかして、この間のファーストキスだった？」

「……うん」

亜希は恥ずかしそうにしながらも素直に頷いた。

あのときは強がっていたので言えなかったのだろう。それに気づいてあげられず、可哀相なことをした。健太自身も経験不足だったとはいえ、思い出に残るようなファーストキスにしてあげたかった。

夜空を見あげると、無数の星が瞬いていた。東京では決して見ることのできない満天の星空だ。この美しい夜空の下で経験すれば、きっと心に残るはずだ。

「僕にまかせておけば大丈夫だよ」

肩をやさしく抱いたまま、もう一度唇を重ねていった。

唇の表面が触れるだけのキスは前回経験していた。ここから先が彼女にとって未知の領域になるはずだ。まずは舌を伸ばして唇をそっと舐めてやる。すると驚いた様子で身を硬くするが、やがておずおずと唇を半開きにした。

「ンンっ……」

ゆっくり舌を差し挿《い》れると、亜希は微かに鼻声を漏らして身を捩る。

初めての感覚に戸惑っているらしい。それでも震える舌を伸ばして、恐るおそるといった感じで触れさせてきた。

(亜希とこんなキスができるなんて……)

本当に好きな子と交わす初めてのディープキスだ。

ねっとりと舌を絡め合わせると、それだけで興奮が昂ぶっていく。うっとりしながら亜希の甘い唾液を味わった。今度は健太が唾液を流しこむ。すると亜希は驚いたように呻いたが、喉をコクコク鳴らして嚥下《えんげ》してくれた。

時間をかけて、たっぷりの唾液を交換する。ようやく唇を解放すると、元不良少女は目もとを染めて艶っぽい溜め息を漏らした。

「はぁ……これが、キス……」

「亜希となら何時間でもつづけられそうだよ」

頭を撫でながら告げると、亜希は小声で「バカ」とつぶやき身を捩った。

そんな照れた姿が可愛くて、思わず強く抱き締める。すると彼女も抵抗することなく、胸板に頬を押しつけてきた。

「亜希……いいの？」

「やさしくしないと、承知しないから……」

亜希らしい肯定の言葉だった。健太は天まで舞いあがりそうになりながらも、同時に緊張の度合を濃くしていた。

3

貴子による筆おろしが素晴らしい体験だったように、思い出に残るロストヴァージンにしてあげなければならない。これは愛する者の責任でもあるのだ。

「もし僕が亜希のいやがることをしたら、ぶん殴っていいよ」

膨れあがる緊張を、冗談めかした言葉で誤魔化した。

（僕がテンパってどうする。亜希のほうがずっと緊張してるんだ）

健太は胸のうちでつぶやくと、スーツの上着を脱いで草の上に敷いた。そこに亜希の身体を押し倒していく。壊れ物を扱うように、そっと仰向けに横たえる。そして健太も横になって身を寄せた。

「ウチケンの服、汚れちゃう」

「いいんだ。亜希さえ汚れなければ、服なんてどうでも」

緊張をほぐすつもりで、ちょっと格好つけて耳もとで囁いてみる。突っこまれるかと思ったが、亜希は照れているのか黙りこんでいた。

(亜希、怖いのかもしれないな……)

服の上から胸に触れたことはあるが、あのときとは状況がまるで違っている。健太はやさしくリードしてあげなければならない立場だった。

いよいよ亜希の胸もとに手を伸ばし、スカジャンのなかに忍ばせる。Tシャツの膨らみにそっと重ねただけだが、亜希は顔を背けて小さく身を捩った。やはりヴァージンの彼女にとっては充分恥ずかしいことなのだろう。

健太は慈しむように、亜希の乳房をやさしく揉みほぐしていく。布地越しでも瑞々しい肌の張りがはっきりと伝わってくる。激しく揉みたくなるのを我慢して、少しずつ刺激を与えるように心がけた。

「痛かったりしたら、すぐに言うんだよ」

「う、うん……」

亜希はすっかり口数が少なくなり、微かに呻くだけになっている。痛がってはいないようなので、左右の乳房をＴシャツ越しにたっぷりと揉みしだいた。

健太は半身を起こすと、ネクタイをゆるめてワイシャツのボタンを外していく。暗闇とはいえ、屋外で裸になるのは恥ずかしいものだ。下着も脱ぎ捨てて全裸になると、さすがに心細さが襲ってきた。

それでも男根は屹立している。早く繋がりたくてウズウズしているのだ。

健太の男根は標準より大きいようなので、処女にとっては恐怖の対象になる可能性がある。だが、この暗さならほとんど見えないだろう。

健太は暴走しそうになる欲望を抑えこみ、亜希の服に手を伸ばす。まずはスカジャンを肩から抜いて上半身をＴシャツだけにする。そして今度はスニーカーを脱がして小さく白い素足を剥きだしにした。

「じ、自分でできるよ……」

人に脱がされるのなど初めての経験だろう。恥ずかしそうに手首を掴んでくる。だが、ここは健太も引きさがらずにその手をそっと押し返した。

「僕にまかせて。亜希はなにもしなくていいんだよ」

すべてをゆだねてもらうためには、男が脱がせたほうがいいだろう。健太は手を休めず、ミニスカートのボタンをはずしてファスナーをおろした。

「お尻をあげて」

「こ、こう？　なんか、恥ずかしいよ」

亜希は草原に寝転がった状態で、ヒップを少しだけ浮かせる。その隙にミニスカートを引きさげて、つま先から抜き取った。

暗闇のなかに白いパンティがうっすらと見える。

健太は脱ぎ捨てたスーツに手を伸ばし、ポケットに忍ばせておいたペンライトを取りだした。そして亜希の両足首をまたいで上半身を伏せると、薄布に包まれた股間に顔を近づけていく。

「ちょっと、なにしてるのよ」

「よく見たいんだ。亜希のこと」

ペンライトを灯して、股間に光を当ててみる。途端に周囲の闇が濃くなり、白いパンティが浮きあがって見えた。

「やっ、なんで懐中電灯なんて持ってるのよ」

「ペンライトだよ。こういうときのために一応持ってきたんだ。好きな相手のことは隅々まで知りたいって思うのが自然だろう？」

「す、好きって……そんなこと、何度も言わないでよ」

亜希は内腿をキュッと閉じ合わせて、それきり黙りこんだ。拒絶しないところをみると、健太の行為を受け入れてくれたらしい。

「ありがとう、亜希」

感謝の気持ちを素直につぶやき、パンティに包まれた股間を覗きこんだ。

ぷっくりと膨らんだ恥丘に、レースの白い布地が張りついている。勝ち気で生意気な亜希だが、下着は可愛い物が好みなのかもしれない。意外に少女チックな一面を垣間見て、さらに愛おしさが深まった。

ペンライトで照らしながら、さらに顔を近づける。そのまま鼻先を恥丘に触れさせると、太腿にピクッと力が入るのがわかった。

「や……な、なにしてるの？」

亜希が不安そうな声で尋ねてくる。下着越しとはいえ、股間に触れられて羞恥がこみあげているのだろう。

「心配しなくても大丈夫だよ。恋人同士なら、みんなやってることだから」

恥丘に鼻先を押しつけた状態でしゃべり、わざと内腿の付け根に息を吹きかけてみる。すると亜希はくすぐったそうに下肢を捩った。

「ちょっと、そんなところに顔……きゃっ」

驚いて抗議しようとした声が、小さな悲鳴に変化する。健太がパンティと太腿の境目にキスをしたのだ。

「な……なにするつもり？」

「気持ちいいことしてあげる。力を抜いて楽にしてごらん」

むっちりした太腿の感触を確かめるように、唇をじりじりと横に滑らせる。そうやってパンティラインをなぞると、亜希の息が微かに乱れた。

「ンンっ……」

「こういうことされるの、初めてだろう？」

「やだよ、ウチケン……やめて……」

口ではそう言っているが、本気で嫌がっているわけではない。その証拠に押し返すこともなく、されるがままになっていた。

「なんか、くすぐったい」

内腿をもじもじと擦り合わせている。もしかしたら、早くも感じはじめたのかもしれない。試しに舌先を伸ばして、パンティと太腿の境目を舐めてみる。すると途端に亜希の唇から艶っぽい声が溢れだした。

「あンンっ……それ、ダメ……」

どうやら、ヴァージンだが感度は抜群らしい。

この様子だと早々に快感を覚えてくれる可能性もある。健太は下方を照らすようにペンライトを亜希のお腹に置き、両手の指先をパンティのウエストにかけた。

「そんなに見ないで……」

じりじりと脱がしはじめると、さすがに羞恥が大きくなったようだ。小声で訴えてくるが、やはり抵抗することはない。それどころか、微かにヒップを浮かせて協力してくれるではないか。

「亜希のこと、全部見たいんだ」

囁きながらパンティをおろし、できるだけスマートに奪い去った。

ペンライトの光のなかで、恥丘の膨らみが露わになる。陰毛はうっすらとしか生えておらず、恥丘に刻まれている縦溝が透けていた。まるで幼子のような股間は、勝ち気な性格とギャップがあって卑猥だった。

「毛が薄いんだね。すごく可愛いよ」

「や……バ、バカ……」

試しに褒めてみると、亜希は照れながらもどこか嬉しそうに身悶えた。

だが見惚れている場合ではない。小さな膝に手をかけて、ゆっくりと左右に開いていく。身体に力が入っており、若干の抵抗が感じられる。安心させてあげようと膝をやさしくさすると、下肢から徐々に力が抜けていった。

膝が左右に離れて、脚がローマ字の〝M〟を描くような格好になる。すると亜希は慌てたように腰を捩りはじめた。

「ああ……やっぱり、待って」

男の前で股を開かされて、ヴァージンの少女が耐えられるはずがない。これまで聞いたことのない弱々しい声で、繰り返し羞恥を訴えてきた。

「こんな格好やだよ。ねえ、ウチケン」

ペンライトの光を向けると、今にも泣きだしそうな顔になっている。普段の勝ち気そうな面影は微塵も感じられなかった。

「恥ずかしがってる亜希、すごく可愛いよ」

「も、もう……なに言ってるのよ」

亜希の照れ隠しの声を合図に、ペンライトを局部に向ける。すると白い内腿の中心で、淡いピンク色をした処女の花が咲き誇っていた。

二十年間まだ誰にも触れられたことのない陰唇は、神々《こうごう》しいまでのオーラを放っている。ひと目見ただけで、純潔が守られているとわかる美しさがあった。

「なんて綺麗なんだ……」

健太は陶然としながらつぶやいた。

好きな子のありのままの姿を目の当たりにして、言葉では言い表せないほどの感動と、頭の芯が痺れるほどの興奮が同時に湧きあがっていた。

股間を照らすようにペンライトを草の上に置く。そして白い内腿を押し開き、女の中心部に顔を寄せていった。

「な、なにしてるの……はンっ」

肉唇にそっと口づける。たったそれだけで、亜希は艶めかしい声をあげて内腿をヒクつかせた。

「やだ、そんなとこ……」

「好きな人だから、ここにもキスしたくなるんだ。みんなやってるんだよ」

「でも……やっぱり、恥ずかしいよ」

亜希は初めてのクンニリングスに戸惑っている。だが、舌先を伸ばして肉唇をやさしく舐めあげてやると、またしても甘い声を漏らして腰を捩らせた。

「あっ……ダ、ダメ、汚いよ」

「亜希の身体に汚いところなんかないさ」

健太は全裸で四つん這いになり、魅惑的な割れ目に舌を這わせていった。触れるか触れないかの微妙なタッチで、陰唇を丹念に舐めあげる。そうやって少しずつ快楽を送りこみ、処女の硬い身体を蕩けさせていく。

「どうして、こんなこと……ンンっ」

「大好きだから、こうやって舐めたくなるんだ」

肉唇の合わせ目から、透明な汁がじわじわと染みだしてくる。肉体は確実に反応して、感度もさらにアップしているようだった。

「そんな、あンンっ……痺れちゃう」

「感じてきたんだね。ほら、気持ちいいだろう?」

健太は執拗に舌を使い、ほぐれてきた陰唇の隙間にそっと差し挿れた。

「あぅっ……や、も、もう……」

快感が大きくなって怖くなったのかもしれない。亜希は声を震わせながら訴えてくる。だが、愛蜜の量は確実に増えていた。

亀裂に浅く沈ませた舌を、ゆっくりと上下に蠢かせる。華蜜で濡れそぼった割れ目を、ヌルヌルとねちっこく舐めまわした。

「あっ……あっ……なんか……」

満天の星空の下で、亜希が女の声をあげている。健太の舌の動きに合わせて、腰を卑猥にくねらせていた。肉唇の間を舐めあげてやると、たまらなそうに内腿を震わせる。ヴァージンの亜希が、女の悦びに目覚めはじめているのだ。

「も、もうダメ……ああンっ、ねえ……」

「大丈夫。もっと気持ちよくなっていいんだよ」

健太は股間に吸いついたまま囁き、割れ目の上端に舌を滑らせた。肉の突起を探り当てると、華蜜を舌先で掬って塗りつけていく。

「あっ、そこ、なんか……あンっ、やだ……」

「ここが感じるんだね。ほら、このぷっくりしたところが感じるんだろう？」

舌で転がしてやるとクリトリスは瞬く間に勃起した。

亜希の喘ぎ声が高まるのに合わせて、肉突起を重点的にねぶりまわす。すると、抱えこんでいる太腿がしっとりと汗ばんできた。快感が大きくなるとともに、体温が上昇しているようだった。

「あっ……あっ……もうやめて、おかしくなりそうっ」

「いいんだよ。おかしくなっても」

「あうっ、怖い……ああっ、ウチケン、怖いよぉっ」

亜希が喘ぎ声を振りまきながら、健太の頭を両手で抱えこんできた。突き放そうとするのではなく、強く股間に引き寄せている。未知なる快感に恐怖しつつ、期待感を膨らませているのだ。

「も、もう……ああっ、なんか来るぅっ」

「イキそうなんだね。怖くないよ。快楽に身をまかせてごらん」

陰唇に口をぴったり密着させて思いきり吸引する。溢れてくる華蜜をジュルジュルと啜りあげ、代わりに羞恥と背中合わせの快楽を送りこんでいく。

「いや、吸わないで、あううッ」

亜希は艶めかしい喘ぎ声を漏らし、健太の頭を掻きむしった。感じているのは間違いない。腰に小刻みな痙攣が走り、華蜜の量がどっと増えた。

「ああッ、こんなのって、本当におかしくなっちゃうっ」

健太はここぞとばかりに、再びクリトリスに吸いついていく。尖り勃《た》った肉芽を唇で挟み、先端をチロチロと舌先でくすぐった。

「うああッ、それ、ダメっ、あああッ、ダメになっちゃいそうっ」

「やっぱりここがいいんだね。ほら、思いきりイッてごらん」

クリトリスは今にも血を噴きそうなほど勃起している。唾液と愛蜜で濡れそぼった肉芽は、かつてないほど過敏になっていた。その快感中枢に前歯を立てて甘噛みすると、こらえきれないといった感じで女体がビクンッと大きく跳ねあがった。

「あううッ、そ、そこは、ああッ、もうダメぇっ、あああぁぁぁぁぁぁッ！」

亜希は大股開きで腰を突きあげながら、夜空で瞬く星に向かって艶めかしい嬌声を響かせた。

ヴァージンのまま初めてのアクメに昇りつめたのだ。膣口からはさらなる華蜜が溢れて、健太の口はぐっしょりと濡れていた。

(ついに亜希がイッたんだ……この僕がイカせたんだ)

健太は感激しながら、ぐったりしている亜希の顔を覗きこんだ。

脇に置いたペンライトが、周囲をぼんやりと照らしている。亜希は呆然としており、焦点の定まらない瞳には無数の星が映りこんでいた。

4

「イッてくれたんだね。嬉しいよ」

愛おしさがさらに深くなる。これほど人を好きになったことはない。こうして見つめているだけでも、涙が溢れそうになってしまう。

たまらなくなってポニーテイルの頭をそっと撫でる。すると、亜希は我に返ったらしく、恥ずかしそうに顔を背けた。

「今のが……イ、イクってこと？」

視線をそらしたまま、おどおどと尋ねてくる。太腿をぴっちり閉じて、恥丘に手のひらを重ねていた。初めて体験したアクメに驚きを隠せない様子だ。

「そうだよ。亜希は女の悦びを知ったんだ」

女体に覆い被さりながら囁きかける。亜希が緊張で身を硬くするのがわかった。しかし、男根は痛いほど勃起している。早くひとつになりたくて、先端から透明な涎を滴らせていた。

「亜希……いいよね？」

赤いTシャツの裾に触れると、彼女は怯えたように肩を竦ませる。それでも抵抗しないので、ゆっくりと捲りあげて首から抜き取った。

先ほどのパンティとお揃いの、白いレースのブラジャーが露わになる。

健太は背中に手を滑りこませるとホックを外した。これまでの経験から、手探りで外せるまでに上達している。慌てることなくスマートにブラジャーを脱がすことができた。

「綺麗だよ……」

自然と溢れだした言葉だった。

張りのある瑞々しい乳房が露わになっていた。ペンライトの淡い光が、魅惑的な丘陵をサイドから照らしている。女体ならではのなめらかな曲線が、まるで誘うような陰影を描きだしていた。

プルプルと揺れる双乳の頂点では、愛らしい乳首が鎮座している。透明に近いピンク色で、アクメの影響なのか触れてもいないのに勃起していた。

「そんなに……見ないで」

亜希が掠れた声を漏らし、剝きだしの乳房を手のひらで覆った。

右手を股間に、左手を乳房にあてがっている。そうやって恥じらう姿が、牡の欲情をますます煽りたてた。

夜の牧草地で、二人は一糸纏わぬ姿になっている。この非日常的なシチュエーションが、どちらかというと消極的な健太を大胆にしていた。

「亜希、大好きだよ……」

膝を使って彼女の下肢を割ると、そのまま身体を重ねていく。正常位の体勢になり、いきり勃った男根を股間に近づけた。

「こんな格好、恥ずかし――あっ」

陰唇に亀頭が触れた瞬間、亜希の唇から小さな声が溢れだす。裸身がピクッと震えて、不安そうな瞳で見あげてきた。

「大丈夫だよ。やさしくするから」

健太は爆発寸前の興奮を抑えこんで、穏やかな口調を心がける。とにかくヴァージンの亜希を、できるだけ安心させてあげたかった。

すぐに挿入することなく、まずは濡れそぼった割れ目に沿って亀頭を滑らせる。ゆっくりと腰を使い、淫裂をヌルヌルと摩擦した。

「ンっ……や……なんか、いやらしいよ」

「ほら、全然痛くないだろう。怖がることないよ」

華蜜の量が増したのか、滑りがよくなって湿った音が響きはじめる。健太も大量の先走り液を溢れさせて、甘美な摩擦感に鼻息を荒げていた。

二人の股間はお漏らしをしたようにぐっしょりと濡れている。肉竿の裏側全体を擦りつけると、さらに卑猥な気分が高まった。

亜希も明らかに感じており、喘ぎ声が漏れないように下唇をきゅっと嚙み締めている。そんな健気《けなげ》な姿が愛らしくて、なんとか声を出させようと執拗に割れ目を擦りつづけた。

「ンンっ……も、もうダメ」

快感が大きくなりすぎたのか、亜希が胸板に手を押し当ててくる。制止を求めているが、健太を拒絶しているわけではなかった。再び絶頂の気配が忍び寄っているのかもしれない。いずれにせよ、快楽の道筋ができたことだけは確かだろう。

「力を抜いてごらん。挿れるよ」

亀頭の先端を割れ目にあてがい、ゆっくり腰を沈めようとする。そのとき、亜希が慌てたように声をかけてきた。

「ま、待って……」

直前になって怖くなったのかもしれない。ヴァージンなのだから、不安になるのは当然のことだろう。だが、彼女の口から飛びだしたのは意外な言葉だった。

「あ、あのさ……ぎゅってして」

亜希はそうつぶやくと、恥ずかしそうに両手をひろげる。ペンライトの淡い光に照らされた相貌は、茹《ゆ》であがったように真っ赤に染まっていた。

（なんて可愛いんだ……）

顔を合わせるたびに口論していたのが嘘のようだ。この愛らしい女の子を守りたいという思いが、心の底から湧きあがってくる。

「亜希……」

上半身を伏せて覆い被さると、彼女の身体をぎゅっと抱きしめた。

「あンっ……嬉しい……」

亜希がうっとりしたようにつぶやき、健太の背中に手をまわしてくる。頬を寄せ合い、互いの体温を感じているだけで、幸せな気分に浸ることができた。

だが、それと同時に性欲も膨らんでいる。

柔らかい乳房を胸板で押し潰す感触がたまらない。膣口に押し当てた亀頭は、カウパー汁を絶え間なく垂れ流していた。

「そろそろ挿れても――」

「あのさ、ウチケン……。健太、って呼んでもいい？」

急になにを言いだすのだろう。健太が戸惑っていると、亜希は思いつめたような口調で言葉をつづけた。

「怖かったの……。名前で呼ぶと、もっと好きになっちゃいそうで」

その瞳はうっすらと潤んでいるようだった。

「僕は亜希のことが大好きだよ。ずっと前から」

「あたしも……健太のことが好き」

頬ずりしながら名前を呼び合った。そして、いよいよ挿入を開始する。抱き合った状態で、じりじりと腰を押し進めていく。限界まで張りつめた亀頭が、濡れそぼった膣口に沈みこんだ。

「ンぁっ……け、健太っ」

亜希の声がひきつっている。まだ先端が浅く入っただけだが、初めて陰唇を押し開かれる感覚に怯えているようだ。

「大丈夫、力を抜くんだよ」

不安をやわらげてあげたくて、茶色に染めた髪を何度も撫でた。

処女を相手にするのは初めてだが、健太が不安そうな素振りを見せるわけにはいかない。懸命に強がって、亜希をリードしようとしていた。

屹立を押しこむとすぐに抵抗感が襲ってくる。これまで経験してきた人妻たちにはなかった感覚だ。これが処女膜に間違いないだろう。

「じゃ、いくよ」

亜希の肩を抱き締めて、腰をググッと押しこんだ。

「ひッ！　痛っ……くううッ」

膜の裂けるような感触があり、亜希が裏返った悲鳴を放った。

途端に抵抗がなくなり、男根が一気に根元まで入りこむ。ついに大好きな彼女のヴァージンを奪ったのだ。

「やった……亜希、上手くいったよ。痛くない、大丈夫？」

思わず強く抱き締めて、耳もとで囁いていた。すると亜希も背中にまわした手に力をこめてくれる。

「う、うん、大丈夫……嬉しい……」

破瓜《はか》の痛みが強烈なのだろう。喜びを伝えてくる声は震えている。それでも、彼女は一所懸命に言葉を紡《つむ》いでくれるのだ。

「あ、あたしのヴァージン、健太にあげられて……すごく嬉しいよ」

最後の方は涙混じりになっていた。満天の星空の下でのロストヴァージンは、忘れられない思い出になるだろう。

「僕も嬉しいよ。亜希とひとつになれたんだ」

健太は素直に気持ちを言葉にすると、首筋にチュッとキスをした。

せた。

「あンっ……」

亜希の唇から小さな声が漏れる。首を竦ませて、少しくすぐったそうな素振りを見せた。

(もしかして、首が弱いのか……)

脳裏にひらめくものがあった。

腰を動かそうとするが、媚肉は硬くこわばっている。根元まで入りこんだペニスはびくともしない。無理にピストンしようとすれば、おそらく亜希は激痛に苦しむことになるだろう。

それならばと、首筋にキスの雨を降らせていく。

ポニーテイルなので、うなじがすっかり覗いている。耳の裏側から後れ毛の垂れかかるうなじにかけて、ついばむような口づけを繰り返す。さらには汗ばんだ鎖骨の周辺にも、唇を押しつけていった。

「ンっ……や、くすぐったい」

「くすぐったいけど感じるんじゃない? ほら、ここと か」

健太は舌先を伸ばすと、鎖骨をチロチロとくすぐってみる。すると亜希は微かに身を捩って、「ああンっ」と鼻にかかった声を漏らした。

「こっちとかも、気持ちいいだろう?」

鎖骨からゆっくりと首筋を舐めあげながら、耳の裏側に到達する。そして耳たぶを口に含むと、前歯でねちねちと甘噛みした。

「あっ、ダメ……ヤンっ、健太」

亜希は首を竦めて身を捩った。その仕草が愛らしくも艶めかしい。ますます感じさせたくなり、上半身を離して乳房に両手を伸ばした。

しっとりした餅肌の感触を楽しみながら、ねちねちと揉みあげる。指が沈みこむような感触が心地いい。蕩けそうなほど柔らかいのに、瑞々しい張りもあった。

「やだ、恥ずかしいよ……」

双乳を揉みしだかれることで、亜希が恥じらいの声を漏らす。ペンライトに照らされた横顔には、戸惑いの色が浮かんでいる。破瓜の痛みが徐々に薄らいで、肉の悦びがひろがりはじめているのかもしれない。

健太はここぞとばかりに、乳房の頂点で揺れる乳首に吸いついた。ペニスは根元まで埋めこんだまま、動かさないように注意する。とにかく今は、亜希の性感を刺激することが重要だった。

「あンっ、そんなこと……いやらしい」

「亜希のおっぱいだ……ああ、夢みたいだよ」

「おおげさだよ。健太、そんなことしてると赤ちゃんみたい」

照れ隠しなのか、亜希はおどけたように言うと健太の頭を抱えこんだ。そして赤子をあやすように、やさしく髪を撫でてくるではないか。

(亜希がこんなことしてくれるなんて……)

そんなちょっとした仕草に、母性を感じてどきりとする。普段の亜希からは想像できない、女性らしい包みこむような雰囲気に陶然となってしまう。

「僕が感じさせてあげるよ。亜希にも気持ちよくなってもらいたいんだ」

健太は感極まったように愛撫を加速させた。

息を荒げながら乳房を揉みしだき、乳首を舌で転がしていく。唾液をたっぷり塗りこんでは、舌先でねちっこくなぞりまわす。硬く尖り勃ってくると、今度は舌先でピンピンと弾いた。

「あっ……やだ、ンンっ」

亜希は遠慮がちな喘ぎ声を漏らして身を捩る。よほど乳首が感じるらしい。薄暗いなかでも先端のピンク色が濃さを増すのがわかった。

左右の乳首を交互に舐めまくり、前歯で甘噛みを繰り返す。そのたびに亜希は裸体をヒクつかせて、切なげな声を振りまいた。

「け、健太……そんな、おっぱいばっかり……」

訴えてくる声に甘い響きが含まれている。破瓜による緊張は徐々にほぐれて、性感が花開きはじめているようだ。

男根を食い締めている媚肉は、いつの間にか潤いを増している。膣奥から大量の蜜が分泌されて、結合部はぐっしょりと濡れていた。

試しにゆっくりと腰を引いてみる。すると先ほどはまったく動かなかったのに、華蜜が行き渡ったお陰で太幹がズルッと後退した。

「あううっ……」

亜希の唇から呻きとも喘ぎともつかない声が溢れだす。

破瓜直後なのだから、痛みが完全に引くことはないだろう。しかし、彼女が感じているのは痛みだけではない。潤んだ媚肉を擦られて、多少なりとも快感を覚えているようだ。その証拠に艶めかしく身悶えして、濡れた瞳で見あげてきた。

「なんか……ヘンな感じ」

亜希が吐息混じりにつぶやく。伸ばした両手を、健太の腰にそっと添えていた。

「動いても大丈夫？　痛かったら言うんだよ」

腰を引いた状態で動きをとめて様子をうかがう。気を遣って我慢するかもしれないので、最大限の注意を払う必要があった。

「痛いけど……そんなに痛くない……ムズムズするの」

男根を挿れたままでの愛撫で、媚肉が疼《うず》きはじめたのかもしれない。亜希は眉を八の字に歪めると、まるでおねだりするように腰をくねらせた。

「ねえ、健太……この感じ、なんかおかしいよ」

「それじゃあ、ゆっくり動くからね」

できるだけ痛みを与えないように、男根をじわじわと埋没させていく。

「あっ……は、入ってくる」

亜希は微かに眉根を寄せるが、激痛を感じているわけではなさそうだ。

膣道に溜まっていた華蜜がグチュッと卑猥な音を立てて、媚肉と太幹の隙間から溢れだす。生温かい粘膜が男根を包み、蕩けるような快感がひろがった。

「くっ……亜希のなか、すごく気持ちいいよ」

「本当に？　健太が喜んでくれると、あたしも嬉しい」

亜希がはにかんだ途端、膣襞がいっせいに絡みついてきた。

精神状態というのは肉体に大きな影響を及ぼすらしい。愛蜜の量も増して、男根のスライドがさらにスムーズになった。

太幹を根元まで押しこみ、再びズルズルと引きだしていく。あくまでもスローペースだが、確実にピストン運動がはじまっていた。

「亜希とセックスしてるなんて信じられないよ」

「あたしも……健太に嫌われたと思ってたから……」

「そんなことあるわけないだろう。どうして僕が嫌うんだよ」

健太はゆっくりと男根を出し入れしながら問いかける。恥じらう亜希の顔を見おろして、焦ることなくじわじわと快感を送りこんでいた。

「だって……この前のとき、途中で逃げちゃったから……」

「そんなことか。あのときは僕も上手くリードしてあげられなくてごめん。でも、今はこうしてひとつになれたんだから」

腰をねっとり使うと、亜希は瞳を潤ませて両腕を首に絡ませてくる。そして濡れた瞳で情熱的に見つめてきた。

「ねえ、健太……キスして」

ポニーテイルの可愛い女の子が口づけをねだってくる。正常位でセックスしながら、キスしてほしいと甘えているのだ。

(こんな夢みたいなことが、現実に……)

健太は上半身を伏せて唇を重ねると、そのまま舌を差し入れた。

亜希も積極的に舌を絡めてくる。両腕をまわしてしがみつき、喉の奥で「あンっ、あンっ」と喘いでいた。

ディープキスをすることで興奮が高まり、腰の動きが自然と速くなる。抑えなければと思いつつ、亜希の唾液を味わうことで頭の芯がジーンと痺れて制御が利かなくなっていた。

「亜希っ……気持ちよすぎて、腰が……」

唇を離しても腰の動きはとめられない。媚肉の締めつけに射精感を煽られて、さらなる快感を求めてしまうのだ。

「ああっ、健太……あたしもいいよ、大丈夫だから……」

亜希が頬を寄せて、耳もとで囁いてくれる。

無理をしているのではなく、彼女自身も確実に感じはじめていた。男根の抽送に合わせて、媚肉が嬉しそうにザワめいている。さらには股間を押しつけるように、腰を微かにしゃくりあげていた。

「くぅっ、すごく締まってるよ」

「よくわかんないけど、また……ああンっ」

亜希の喘ぎ声が艶めかしさを増している。おびただしい量の華蜜が痛みを軽減しているのだろう。とても初めてとは思えない反応を示していた。

「絡みついてくるよ。亜希のなか、すごく感じるんだ……ううっ」

「あッ……あッ……健太、あたしも感じちゃう」

健太の昂ぶりに合わせるように、亜希も急激に性感を開花させていく。腰のくねりが大きくなり、下肢まで健太の腰に絡みつかせてきた。

「また締まってきた……亜希っ、もうすぐ出そうだっ」

健太はピストンスピードを速めて、男根をリズミカルに抜き差しする。強烈な締まり具合に奥歯を食い縛りながら、ヌルヌルの媚肉で男根を扱きあげた。

「ああッ、出して、なかに……あたしのなかに出してぇっ」

亜希の声も濡れている。腰を激しくしゃくりあげて、男根を奥へ奥へと引きこんでいく。濡れそぼった膣道が卑猥に蠢いて、収縮と弛緩《しかん》を繰り返した。

「くううっ、出すよっ、亜希のなかに……ぬおおおおッ！」

ついに雄叫《おたけ》びをあげながら、媚肉の奥へと精液をしぶかせる。男根をこれでもかと脈動させて、驚くほど大量のザーメンを注ぎこんだ。

「あああッ、熱いっ、い、いいっ、ああッ、またおかしくなっちゃうっ、ああッ、またイッちゃうよ、もうダメっ、イクっ、イッちゃううううッ！」

膣内射精と同時に、亜希も腰をビクビクと痙攣させる。あられもない嬌声を響かせて、初めてのセックスでオルガスムスへと昇りつめていった。

星が瞬く夜の牧草地で、二人は全裸のまま強く抱き合ってアクメの余韻を貪っていた。大自然のなかで互いの愛を確認して、絆《きずな》がより深まったような気がする。

健太は会心の射精を遂げて呆けていた。亜希も激しく昇りつめて、恍惚の海を漂っていた。

二人は黙りこんだまま口を開こうとしない。均衡が崩れるのを恐れるように、ただ汗ばんだ身体を横たえて静かに寄り添っていた。

発情した二人の体臭も、精液と愛蜜の濃密な匂いも、獣のように乱れた息遣いさえも、草原を吹き抜ける風に溶けていく。

ようやく呼吸が整ってくると、気持ちを落ち着けるように一度目を閉じた。話さなければと思っているうちに、肌を重ねるのが先になってしまった。

「明日が期限なんだ……」

静かに切りだすと、亜希は微かに身を硬くした。だが、なにも質問せずに、健太の腕に縋《すが》りついたままでいる。

東京転属の件は、明日が本社への回答期限となっていた。

もちろん亜希はわかっていただろう。ずっと気になっていたはずなのに、いっさい触れようとしなかった。健太が迷っていると思ったのかもしれない。

だが、すでに答えは決まっている。確かに揺れている時期もあったが、今は一片の迷いもなかった。

「断ろうと思ってる」

「……え？」

亜希が意外そうな声を漏らす。縋りついている彼女を見やると、驚いたように双眸を見開いていた。

東京を離れることが嫌で仕方なかったのは過去の話だ。今では北海道がすっかり気に入っている。田舎暮らしも悪くないと心から思うようになっていた。

「こんなに可愛い彼女がいっしょなら、これ以上望むものなんてないよ」

素直な気持ちを言葉に乗せる。いつの間にか何事も前向きに考えられるようになっていた。

「健太、大好きだよ」

亜希が強くしがみついてくる。あの勝ち気で生意気な亜希が、真珠のような涙を流していた。

今は感謝の気持ちでいっぱいだった。北海道に来てお世話になった人たちに、ありがとうと言ってまわりたい気分だ。健太が求めていたのは都会でのスタイリッシュな生活ではなく、人との出会いだったのかもしれない。

そのことに気づいた今は、愛する人がいるこの土地こそが、離れがたい場所になっていた。

（了）

※本書は2011年8月に刊行された竹書房ラブロマン文庫『誘惑天使—艶めく大草原—』の新装版です。

＊本作品はフィクションです。作品内に登場する人名、地名、団体名等は実在のものとは関係ありません。

長編小説

誘惑天使《ゆうわくてんし》 艶《つや》めく大草原《だいそうげん》〈新装版〉

葉月奏太《はづきそうた》

2018年4月2日 初版第一刷発行

ブックデザイン…………………… 橋元浩明(sowhat.Inc.)

発行人……………………………………後藤明信
発行所……………………………………株式会社竹書房
〒102-0072 東京都千代田区飯田橋２－７－３
電話 03-3264-1576（代表）
03-3234-6301（編集）
http://www.takeshobo.co.jp
印刷・製本……………………………凸版印刷株式会社

ISBN978-4-8019-1403-2 C0193